CEREBRO POR CARCEL

Carlos Riveros

ISBN: 979-8-218-72674-4

A mi esposa Jessica, a mis hijos Daniela, Juan Pablo y Gabriela por ser impulso de mi vida y de las creaciones de mi mente.

La mente humana es prodigiosa, tanto que en ocasiones se convierte en la prisión a la que le temes y no puedes escapar... esta dentro de ti.

CARLOS RIVEROS

Tabla de contenido

INTRODUCCION

El doctor George Kaffman llegó a la pequeña ciudad de Bardstown, Kentucky, con planes de establecer una práctica médica basada en la interacción directa con el entorno cercano con sus pacientes. Pronto entendería su poder para captar los pensamientos de pacientes, pero ese mismo poder lo volvería preso de una mente superior.

El desarrollo de los eventos le enseñaría que estaba al frente de una condena a vivir preso de su propia mente.

Una condena perpetua...

PREFACIO

Esta novela se adentra en las profundidades de la mente humana. Muestra cómo la capacidad de pensar, puede construir y destruir al mismo tiempo.

Expone el hecho de que en ocasiones esa misma mente, por razón o por enfermedad, trasciende la vida de otras personas que, sin quererlo, se ven envueltas.

ESPERANDO AL DOCTOR KAFFMAN

El señor Holder, se preparó bien ese jueves de febrero de 2002 para la visita del Dr. Kaffman. Así transcurría su vida en Bardstown, como sería cada febrero en esa pequeña ciudad del estado de Kentucky.

Ya estaba acostumbrado a la nieve y el frio de la temporada, aunque literalmente nunca salía de esa casa.

Desde que fue diagnosticado con Cáncer, tenía la sensación de que vendrían días de dolor y sufrimiento antes de sucumbir a las metástasis que se le encontraron al mismo tiempo que el primario en el segmento distal del colon descendente.

A sus 80 años, sentía que no importaba ya mucho como moriría ni cuándo. Solo le temía al sufrimiento alrededor de su muerte.

Pasaba horas sentado en una antigua mecedora de madera que con cada movimiento dejaba oír un rechinar suave pero perturbador para cualquiera, excepto para él, que, por varios años, sino toda su vida vivió ese mismo sonido con la misma mecedora.

Aparte de un viejo radio de 2 bandas, el periódico local del día y una taza grande de café, nada le animaba. Sentía cada día el peso de su edad tal vez más que su propia enfermedad.

Probablemente le pesaba más la soledad que sería su única compañera después de la desaparición de su hermano.... Le dolía, todavía le dolía, sentía que no lo había buscado lo suficiente... que le había fallado, que lo dejó solo tal vez en uno de los fríos túneles bajo la tierra de esa ciudad.

-*"¡Fui un cobarde!"* pensó hablando en voz alta, *"¡fui un cobarde con quien más me apoyó en esta vida, el que me levantó cuando caí por el abandono de Grace!"*.

Con algo de dificultad se levantó y llegó a paso lento a una pequeña mesa que fungía de bar donde tenía restos de una botella grande de Jack Daniel's Bourbon whiskey que bebía cada noche en pequeñas cantidades.

-*"Eres mi única compañía",* dijo.

Mientras hablaba, tomaba la botella con su mano izquierda y un pequeño vaso de plástico en su mano derecha para servir unos 60 centímetros cúbicos.

Mientras lo saboreaba, pensaba que desde joven sabía que Jack Daniel's, aunque era considerado por las autoridades un whiskey bourbon por ser producido a partir del maíz, sus fabricantes lo promocionaban como *"el whisky de Tennessee",* por el proceso adicional de suavizar su sabor filtrándolo en carbón de arce antes de ser añejado en barriles.

-*"Insuperable",* dijo para sí mismo después de tomarse lo servido.

Volvió a sentarse en su mecedora y siguió esperando

pacientemente su visita.

Bardstown, para él era una ciudad de espíritu triste, gris, de pocas actividades agradables, poco amistosa.

Los veranos son calurosos y bochornosos, los inviernos son muy fríos y mojados y está parcialmente nublado todo el año.

El señor Holder no hacía ningún esfuerzo por negar la fama de Bardstown de ser una ciudad *"poco convencional"*, donde ocurrían *"cosas misteriosas"*.

Mientras se mecía en su vieja mecedora justo a la entrada de la pequeña sala con pisos de madera que crujía con cada movimiento, no podía evitar volver a preguntarse porque no había abandonado ese lugar después de la desaparición por demás extraña de su hermano mayor Joseph, quien se dedicaba a actividades comerciales de compra y venta de artículos, un tipo normal, sin pretensiones.

Tal vez era un momento muy convulsionado de esa pequeña ciudad en el medio de la nada, aunque estuviera tan cerca de Louisville .

Cada mañana se levantaba vestido con una vieja pijama de pantalón largo de lana a cuadros que otrora perteneció a su hermano, la usaba como forma de mantener su memoria, ya ligeramente afectada por los años, así como la pijama.

Él pensaba que el usar esa pijama haría que algún día Joseph, su hermano, o por lo menos su espíritu llegaría por él. Solo así podría descansar el alma de la incertidumbre de su desaparición.

Tal vez, para él, Joseph era lo único que lo conectaba a la vida. Había sido un hermano bueno, por lo menos en lo que pudo. Su padre se suicidó tempranamente, siendo apenas adolescentes y su madre murió probablemente de pena de amor y abandono años después.

A Joseph le correspondió la tarea de mantener el hogar, que no era propiamente un hogar. El señor Holder fue siempre considerado muy débil para hacerse cargo de las cosas importantes, y eso lo hizo desarrollar una personalidad bastante insegura y temerosa de la vida.

> - *"Tal vez soy un bueno para nada como decía mi padre"*, frecuentemente pensaba.

Aunque ciertamente logró apenas graduarse de la secundaria con mucho esfuerzo, nunca alcanzó un nivel siquiera técnico, más por sus propias barreras que por falta de habilidades intelectuales.

> -*"Mamá me hacía creer que yo era un retardado"*, recordaba ese día mientras se seguía meciendo suavemente. *"Joseph no, él siempre me impulsó"*.

Joseph le consiguió un trabajo en la tienda de artículos para el hogar cerca de su casa, donde, a pesar de no ser un gran vendedor, era conocido por los clientes, lo que convenía al dueño.

Por eso lo mantuvo, con un sueldo minúsculo, casi de por vida, hasta que, movido por una quiebra, el lugar fue cerrado.

Grace, su esposa para ese momento lo abandonó.

Él nunca supo más de ella, quizá se cansó de su espíritu pobre.

Ese abandono lo destrozó, no porque la amara, sino por la soledad. Él no tenía muchos amigos, no tenía circulo social, no tenía nada.

De hecho, Grace lo conoció a través de su hermano. Se podría decir que su hermano lo casó con Grace.

No tuvo hijos, ni siquiera lo pensó.

VISITA AL SEÑOR HOLDER

Antes de bajarse de su automóvil Chevrolet color gris, sobre la avenida John Fitch, El Doctor George Kaffman revisó su pequeño maletín médico.

Era metódico en sus procedimientos y sin grandes pretensiones, sencillo, decía sentir amor por el ser humano y se sentía maravillado por esa profesión, que apenas comenzaba a experimentar, pero sentía que lo llevaría a mundos maravillosos, aunque ciertamente no podía sospechar que algunos de esos mundos también podían ser profundos, lánguidos, perturbadores.

A veces sentía que no merecía el privilegio de ser médico...

como si en realidad... no lo hubiera ganado...

Antes de ver cada paciente se aseguraba de tener su estetoscopio, otoscopio, oftalmoscopio, fibra de monofilamento, y una pequeña bolsa de plástico que contenía gasas, algodón, así como aplicadores impregnados con solución antiséptica, equipo de sutura y un par de medicamentos antinflamatorios y analgésicos.

Su hoja de vida mostraba que era graduado de la universidad

de Kentucky con especialización en medicina interna en el hospital Albert B. Chandler, decidió empezar su carrera como independiente, libre de los requerimientos comerciales impuestos por la *"industria médica"*, sin la necesidad de los gastos de una oficina, pago de personal, y sobre todo... libre de tanto...

"control burocrático".

Así empezó un negocio propio visitando pacientes en casa.

Siempre preguntaban por su vida, el orgullosamente decía que nació en Carolina del Norte y desde su adolescencia tardía vivió en el área de Cherokee Gardens en Louisville, Kentucky, pero soñaba con ser médico en un pequeño pueblo en un ambiente más familiar, ese era su sueño. Buenmozo, alto, de cabello saludable y sonrisa agradable, culto.

Su padre se había suicidado cuando el apenas era un niño después de la inexplicable y trágica muerte por apnea de su hermano menor, y su madre fue quien se hizo cargo de él siendo único hijo.

En la pequeña ciudad de Bardstown, en área rural de Kentucky, donde decidió establecer su práctica, no había muchos que quisieran hacer lo que él pensaba hacer, lo que rápidamente le dio cierta fama local como médico amoroso y sencillo. Necesariamente sus pacientes eran personas que, por sus condiciones médicas, no podían salir de sus casas fácilmente para buscar atención.

Después de pasar por la puerta abierta y casi caída de la reja de madera que rodeaba el jardín, se paró al frente de la puerta de entrada de esa pequeña casa mayormente de madera, con pintura rojiza casi descolorida por el tiempo. Oprimió el timbre oxidado, y aunque no sintió su sonido, esperó un poco antes de insistir nuevamente.

Mientras tanto no podía evitar notar el estado de abandono de aquel lugar, su jardín dejaba ver solo matorrales sin verdor, sin vida, semicubiertos por una fina capa de nieve que ya para ese momento dejaba de caer. Las ventanas de vidrios sucias y algunas líneas de ruptura dejaban notar la falta de mantenimiento.

Decidió tocar la puerta con los nudillos de su mano derecha todavía cubierta por guantes contra el frio.

Sintió el crujir de la madera en el piso acercándose con cada paso de alguien en el interior.

Percibía un aura pesada, no podía describirlo. Al abrir la puerta, se dejó salir cierto olor de alguna forma poco agradable.

-"*¿Usted es el Doctor Kaffman?*", preguntó con voz pausada y cansada el señor Holder.

-"*Así es señor Holder, es un placer verlo hoy*", respondió el Doctor Kaffman.

El señor Holder era un hombre alto, de aproximadamente 6'1 pies de altura, blanco, de cabello aun bien poblado dominado por canas, de mirada que expresaba languidez, tristeza, desinterés, de piel arrugada con ocasionales pequeños hematomas en los brazos en diferentes estadios de cicatrización, uñas sucias y mal cortadas, con barba y bigotes escasos y canosos, en general desaliñado.

-"*Entre por favor, póngase cómodo*", dijo el señor Holder mientras sonreía un poco, como con esfuerzo.

El anfitrión se esforzaba por agradar a su médico, después de todo era de las únicas personas que lo vería en esta etapa de su vida, probablemente hasta su muerte.

Aunque era la primera vez que se veían, surgió una relación amable y desprevenida, que era el estilo del doctor Kaffman.

El señor Holder le tenía preparado una mecedora parecida a la suya y, entre las dos, una pequeña mesa para los propósitos que el médico necesitara, aunque él, la usaba para poner sus bebidas durante las largas jornadas sentado y oyendo su pequeño radio.

Después de sentarse, el galeno inició una conversación para entender un poco la forma de vida de su paciente.

No podía evitar realizar una inspección visual de aquella vivienda, solo objetos viejos y probablemente cuidados solo por el tiempo, casi imperceptibles telarañas unían las superficies de todos los escasos adornos en las mesas y alacenas.

Las muchas alfombras que cubrían el suelo de madera en retazos tenían la apariencia de nunca haber recibido la caricia de una escoba y mucho menos una aspiradora.

Inició con preguntas abiertas, que venían bien al señor Holder, que pensaba que su voz se gastaría por *"falta de uso"*.

- *"Cuénteme de usted señor Holder"*, preguntó.

- *"Como verá, vivo solo, muy solo, ocasionalmente recibo a mi vecino Jean Paul y su esposa Olivia, de los que no se su apellido, que vienen a quejarse del mal aspecto de mi patio. Siempre digo lo mismo…¡Arréglalo tú por mi Jean, no tengo ni la energía ni el dinero para hacerlo!"*.

Hizo una pequeña pausa para tomar un poco de aire que notablemente le faltaba cuando hablaba muy seguido.

-*"La verdad, no me puedo quejar"*, continuó diciendo, *"ciertamente agradezco su presencia todos estos años, porque, a pesar de que no se entromete en mi vida, si necesito algo de la farmacia o el supermercado… ahí está Jean, sé que cuento con él siempre…"*

Otra pequeña pausa antes de seguir hablando.

-*"De hecho, creo que le dejaré un testamento entregándole esta propiedad cuando muera, aunque él no lo sabe"*
…. Guardó silencio con sabor a tristeza.

-*"Simplemente no tengo a nadie"*, continuó diciendo con voz apagada.

Después de una pausa, como si estuviera pensando, por un segundo su cara parecía mostrar una sensación de picardía siguió:

-*"Quizá entonces tendrá que arreglar el patio, ja-ja".*

Mientras su paciente hablaba, el Doctor Kaffman observaba atentamente. Lento en sus palabras, de respiración un poco elaborada y ocasionalmente una tos húmeda que aclaraba su garganta.

Usaba calzado de diabético, se hacía evidente por su cinturón que había perdido peso y era notable para el joven médico que pocas veces lo miraba a los ojos cuando hablaba. El doctor era gran observador, se fijaba en cada detalle de esa casa de una forma milimétrica, era una de sus habilidades.

Mientras el trataba de explicarle sus dolencias físicas, su mirada se entristecía y parecía por instantes estar pensando en tiempo lejano. Por pocos segundos fijó su vista en los ojos del joven médico. Pocos segundos que se sintieron minutos para el doctor Kaffman.

Minutos en los que tuvo la sensación extraña de abrir un canal que le conducía justo dentro del pensamiento del señor Holder... el doctor Kaffman sintió oír un llanto inconsolable, seguido por un silencio oscuro, tenebroso, interrumpido por una voz que retumbaba triste...

-*"¿Joseph, donde estás?"*, oyó.

Se dio cuenta de que los labios del señor Holder no se habían movido, no habían dicho nada, pero...

-*"¿Quién me habló entonces?"*, pensó en silencio el doctor.

Después de pocos segundos apartó la vista de su paciente y miró a su alrededor como buscando a una tercera persona que pudiera explicar lo que acababa de oír. Pero no, no había nadie, solo ellos dos.

Lo invadió un frio que congelaba sus huesos.

-*"¿Quién es Joseph?"*, preguntó el doctor Kaffman con cierta timidez, casi sin entender la experiencia que había tenido, dudoso de querer siquiera saber.

-*"¿Cómo sabe de él?"*, respondió el señor Holder, *"¿Qué sabe usted?, ¿dónde está?, ¿está vivo?"*.

-*"No, no sé quién es, solo oí su nombre"* dijo el doctor Kaffman algo confuso.

-*"Es mi hermano, mi mejor amigo"*, dijo mientras una lágrima emprendía camino hacia sus mejillas.

-*"¿Dónde está él?, ¿le pasó algo?"*, preguntó el doctor Kaffman.

-*"Era un hombre bueno, trabajador, tal vez su único defecto era el juego"*, respondió con la mirada triste.

-*"Hace muchos años simplemente desapareció, no volvió, no lo vi más"*, terminó de decir el señor Holder dejando ver su sentimiento de tristeza profunda.

El doctor Kaffman extendió su mano para posarla en su hombro.

Prefirió no seguir preguntando.

Después de una pausa de unos segundos, los dos se miraron con la sensación de entenderse con interés sincero.

-*"Señor Holder"*, dijo el médico, *"conozco su historia clínica perfectamente. Sé de su cáncer de colon con metástasis en diferentes órganos y también que ha venido siendo controlado adecuadamente hasta hace poco, cuando usted decidió no recibir más tratamiento y continuar sus seguimientos generales en casa, por eso estoy yo acá".*

Esa tarde se dedicaron a conocerse en detalle. A pesar de estar siguiendo para ese momento varios pacientes, para el Doctor Kaffman, definitivamente el señor Holder se convirtió en uno de sus *"favoritos"*.

Después de tomar su presión arterial, pulso y temperatura, lo auscultó cuidadosamente y examinó su abdomen un poco doloroso sin mostrar signos de enfermedad aguda.

-*"Debe alimentarse lo mejor posible señor Holder, le voy a dejar por escrito lo que sería más nutritivo para usted en este momento"*

-*"Llámeme Chris doctor, por favor, al fin y al cabo, usted será mi compañía hasta la muerte".*

El doctor asintió con la cabeza y una sonrisa empática y amable.

Mientras caminaban a la puerta, el doctor Kauffman sujetaba su brazo firmemente, con paciencia en el andar, sin premura.

Se despidieron para volver a reunirse tres semanas después,

dejando coordinado con el laboratorio la toma de muestras de sangre y orina en ayunas para revisar los resultados durante la siguiente visita.

Al cerrar la puerta, Chris sentía que el doctor Kaffman era un hombre bondadoso de corazón.

En su cabeza, sin embargo, seguía la pregunta:

-*"¿Por qué sabe el nombre de mi hermano?"*.

Mientras conducía su vehículo a lo largo de la Stephen Foster Avenue, el doctor Kaffman miraba las densas nubes que poblaban el cielo de Bardstown.

-*"¿Por qué esta ciudad siempre está nublada?"* se preguntaba, *"sé que no va a llover, porque típicamente las lluvias llegan en marzo y se van en agosto en esta área"*.

Hacía lo posible por no pensar en el suceso con el señor Holder, pero le rondaba su mente.

Sentía que debía apresurarse para llegar temprano a la cita con *"Jessy"*, su prometida, pero también su novia desde hace un tiempo.

Jessica era una joven profesional en administración de empresas, experta en inmobiliaria que se dedicaba al área de Louisville, muy cercano a Bardstown, donde viven sus padres en la West Brashear Avenue y donde ella nació y vivió casi toda su vida, era local en esa pequeña ciudad.

Jessica llegaba cada jueves y pasaba todo el fin de semana en esta ciudad donde residía en el apartamento de George, pero aprovechaba para visitar a sus padres.

Los dos se conocieron durante eventos de integración en Kentucky que incluía actividades deportivas, sociales que se desarrollaban cada año.

Rápidamente desarrollaron una amistad y pasaron a una relación de noviazgo que nunca se interrumpió a pesar de la separación por cuestiones de trabajo.

A pesar de la insistencia de ella para que él desarrollara su profesión en Louisville, él tenía sus razones, para ella poco prácticas, por las que se inclinaba por un pueblo pequeño y de alguna forma extraño como Bardstown.

FIN DE SEMANA CON JESSICA Y FAMILIA

Jessica ya estaba en el restaurante La Chasse, en la calle Bardstown, donde se citaban cada jueves para reencontrarse después de una semana de trabajo. En ocasiones invitaban otras parejas de amigos que disfrutaban este plan, pero esta vez estarían solo los dos.

El doctor Kaffman, entró en el lugar unos 10 minutos después, se dirigió a la mesa que siempre reservaba para ellos.

Él entró sigilosamente mientras ella estaba distraída mirando el menú, que, aunque le era familiar, acostumbraba a leer cuidadosamente en busca de nuevos platos recomendados por David, el chef del lugar, viejo compañero de secundaria, y quien, sin falta, les mandaría un postre al final de la velada por cuenta de la casa.

Sin que ella notara su presencia, con sus dos manos cubrió sus ojos.

-"*¿Quién es?*", preguntó el doctor Kaffman.

-"*¿Será el amor de mi vida?*", dijo ella, con cara de sorpresa. Realmente era un ritual que conservaban casi desde el inicio de su relación.

El plato de entrada escogido esa noche, que esta vez fue escargot, preparado con mantequilla de Ajenjo, hierbas finas, y servido con panecillo francés fresco, acompañado de una botella de vino francés de la casa. Como plato fuerte escogieron Barramundi, que ya habían probado y les gustaba por tener un sabor que oscilaba entre el pez Dorado y el Mero, preparado con Polenta, espárragos jugosos y una salsa francesa *"beurre blanc"*. Ellos usaban pedir un solo plato y compartirlo, lo que significaba que siempre compartirían todo, inclusive sus vidas.

La botella de vino fue descorchada por su mesero y después de aprobada por Jessica, se sirvieron para brindar por un nuevo encuentro.

George pensaba que sentía un poco de presión por proponerle matrimonio a Jessica, aunque él disfrutaba mucho de su espacio y, aunque la amaba, tenía temor de que su relación cambiara por cuenta del compromiso.

-*"¿Sabías que el Ajenjo es una planta medicinal?"*, preguntó George.

-*"¿Para qué sirve amor?"*, respondió ella. Jessica siempre se maravillaba de los conocimientos de George, era uno de los puntos de admiración por él.

-*"En la antigüedad, los griegos, y después los intelectuales y artistas franceses la usaron para supuestamente mejorar su mente, su creatividad, pero lo hacían combinándola con alcohol casi de 70 grados, pero se sabe que contiene algunas vitaminas y nutrientes que ayudan al sistema digestivo"*, respondió George.

A pesar de que se veía bien, de alguna forma Jessica sentía que algo perturbaba a George, lo podía leer en su actitud.

-*"¿Te ocurre algo amor?"*, le preguntó mirándolo.

-*"Nada importante mi vida"*, dejó una pausa y siguió...
*¿sabes algo de la leyenda alrededor de personas que se
desaparecen en este pueblo?*, preguntó George.

A Jessica le pareció algo extraña la pregunta.

-*"No mucho, todos en el pueblo sabían de la existencia de esa
extensa red de tenebrosos túneles subterráneos y que para los años
veinte eran utilizados hasta por Al Capone para transportar licores
prohibidos sin ser detectados, pero también se sospechaba que podía
ser un lugar de tortura y desaparición de personas que se movían en
ese mundo"*, respondió con cara de suspenso antes de continuar.

-*"Aunque originalmente serían construidos por otras razones
como en hospitales dedicados a la atención de tuberculosos y
que usaban esas vías para transportarlos y.... para enterrarlos
evitando que contaminaran a otros en la ciudad, se dice...
pero nadie se atrevía a preguntar"*, siguió diciendo.

Jessica conocía muy bien su pequeña ciudad y los místicos
relatos que desde la infancia oía. En realidad, eran muchas las
historias que se tejían en ese lugar, algunas ciertas, otras... no se
sabe.

Ese era el caso del Waverly Hills Sanatorium, sus cavernas
subterráneas se conocían popularmente como el *"basurero de
cuerpos"*.

Jessica se dio cuenta que George la miraba con atención férrea, lo
que la obligó a seguir.

-*"Mi padre contaba que el Central Kentucky Lunatic Asylum, donde cuidaban personas de tercera edad, muchos de ellos abandonados en sus casas o de una u otra forma de vidas solitarias, y que más tarde cambió su nombre a Central State Mental Hospital, tenía túneles subterráneos con nombres como Sauerkraut Cave, muchos no entendían el uso de ellos. Nadie preguntaba".*

El mesero, de unos 50 años de edad, que merodeaba la mesa, entendió el tema en cuestión, no titubeó en interrumpir la conversación.

-*"¡Más tenebroso son los túneles subterráneos debajo de los terrenos del Seminario Teológico Bautista (Southern Baptist Theological Seminary), dicen en el barrio, se usaba para la mover a los monjes sin ser vistos...", dijo.*

Hizo una pausa acercándose como para agregar algo de suspenso a su relato, puso su mano al lado de su boca como para que nadie alrededor leyera sus labios y bajó la voz en forma de susurro.

-*"Se sospecha que ahí desaparecen personas, y hasta animales".*

No podía esconder su satisfacción de aportar con hechos que conocía a su alrededor, así sea por rumores, pero lo sabía la vida entera.

Una vez se retiró el mesero, George se acercó un poco a Jessica.

-*"Hoy tuve una experiencia que no sé cómo interpretar amor",* le dijo como temeroso de que ella lo juzgara por lo que iba a decir.

- *"¿Qué pasó mi vida?",* preguntó ella con curiosidad.

- *"¿Alguna vez has sentido que alguien te habla sin hablar, como si su mente te hablara?"*, preguntó él.

- *"Nunca"*, respondió Jessica contundentemente,
"¿Por qué lo preguntas? ", siguió.

- *"De pronto solo es mi imaginación, pero hoy, mientras visitaba uno de mis pacientes, sentí que me transmitía el nombre de alguien, pero sin decirlo con sus labios... Como si lo estuviera pensando.... Como si yo pudiera entrar en su mente y escuchar"*, dijo George con sigilo, como para lograr no ser escuchado.

George sentía estar un poco fuera de lugar, que lo que decía no tenía sentido. No entendía lo que había vivido, pero de alguna forma lo hacía sentir temeroso. Como si las historias de esa pequeña y, de alguna forma misteriosa ciudad, estuvieran tocando las puertas de su pensamiento.

- *"¿Estás oyendo voces?"*, preguntó ella en tono de alguna forma burlesco.

En ese momento George entendió que quizá era mejor no seguir ahondando en el tema con Jessica. Buscó en su mente una salida a la conversación que redujera el impacto.

- *"¡Me han preguntado por ti también, ja, ja, ja!"*, dijo George con sarcasmo, pero asegurándose que lo dicho no sería el tema de conversación en ese momento.

Durante el resto de la noche hablaron del trabajo de Jessica en el campo inmobiliario, de los planes de negocios y de la salud de sus padres.

Al día siguiente, sábado, fueron temprano a casa de los padres de

Jessica, como hacían cada fin de semana. A pesar de ser un día nublado y gris, Aurora y Peter, padres de Jessica, se encontraban en el jardín cuando llegaron.

Al ver a su hija, Aurora no pudo resistir dejar caer sus enormes tijeras con las que cortaba pequeñas hojas y ramas que ya no lucían como a ella le gustaba. Era una admiradora de sus siembras de Trillium. Se encantaba con sus hojas de verdor incomparable, pero más con la flor que producía, de color rojo violáceo en forma de estrella. Se levantó presurosa, aunque quejándose de su dolor en la espalda y sus rodillas, caminó con sus brazos abiertos buscando a Jessica. La abrazó con calidez, besó sus manos y su mejilla.

Peter solo seguía a su esposa como una sombra desde que inició su demencia diagnosticada como Alzheimer hace varios años, desde entonces no paraba de empeorar. Jessica sentía mucha tristeza de la situación de su padre. Cuando lo miraba con actitud temerosa, como niño que no quiere separarse de su madre. Miedo a perderse. Ya en su visita anterior vivió la pesadilla de no ser reconocida por él.

-*"Mi padre es mi héroe"*, le decía a George, mientras dejaba rodar una pequeña lagrima por su mejilla.

-*"Seguirá siendo mi héroe"*, volvió a decir Jessica.

George secó su lágrima con su mano cariñosamente, con ternura. Él sabía lo que su padre significaba para ella.

-*"Siempre lo vamos a cuidar Jessy, nunca le faltará nada"*, le dijo George abrazándola.

Como presintiendo que no la reconocería, Jessica prefirió no preguntarle si la reconocía. Solo lo saludó con muchos besos succionando la piel en la frente y las mejillas. Ella sabía que el disfrutaba su melosería aunque pretendiera que le molestaba.

En cada encuentro repetía la misma rutina con el ánimo de que su padre la recordara por detalles, que esa mente otrora brillante siguiera reconociendo a su persona favorita desde su nacimiento, su hija Jessy.

Entraron a la casa y, mientras Jessica y su madre fueron a la cocina a preparar el desayuno, George guió a su suegro a la sala donde se sentaron cómodamente.

Después de un largo silencio, George notó que Peter miraba detrás de su hombro, como si viera a alguien. Miró a su alrededor para constatar que nadie había en ese lugar más que los dos.

Creció la curiosidad cuando Peter parecía estar respondiendo con movimientos de la cabeza.

-"*¿Peter, estas viendo algo?*", preguntó George.

-"*¿Quiénes son ustedes?*", preguntó Peter con cara que reflejaba miedo.

-"*¡Estamos solos Peter, solo tú y yo!*", dijo George. "*¿Ves a alguien más acá?*".

-"*Oh, pensé que venían juntos*", dijo Peter haciendo una pausa, como confundido, "*¿él te vigila?*", preguntó después de unos segundos.

-"*¿A quién te refieres?*", preguntó George, "*¿cómo es esa persona?*", siguió preguntando como para entender lo que él veía.

La mirada de Peter nuevamente se enfocó en ese momento, como si hubiera entrado en un pequeño transe mental y estuviera saliendo de él.

George decidió no seguir con la conversación entendiendo que no le llevaría a nada.

En ese momento entró Jessica.

-"*¡El desayuno está listo, se enfría si se demoran!*", dijo mientras señalaba con su brazo extendido la mesa del comedor.

Una vez sentados en la mesa hablaron de muchas cosas, cosas triviales, de familia. Era difícil para Jessica tratar de evitar los temas de los amigos de sus padres, la mayoría ya muertos. Su madre casi que no tenía tema diferente de quejarse de la falta de memoria de Peter. Realmente parecía que no entendía, o probablemente no aceptaba que su cerebro ya no volvería, que desaparecería poco a poco su memoria como desaparecían uno a uno sus amigos y vecinos de la infancia.

George tomó dos cervezas y mientras veía la segunda mitad del juego de futbol de su equipo favorito, los Cardenales de Louisville y tal vez era lo único que hacía que Peter mantuviera su atención, y es que años atrás, el mismo había instalado un gigantesco televisor de alta definición en la sala, solo para ver esos partidos cada fin de semana.

George miraba a Peter con ojos de indulgencia, no podía creer como su suegro había quedado reducido a un cuerpo sin propósito, sin memoria, sin esencia. Sentía la impotencia de no poder ayudarle.

-"*Ojalá la ciencia avance antes de nosotros llegar a ese lugar*", pensó George, "*a ti no te alcanzó querido suegro, te faltó tiempo*".

Seguía cavilando en su mente mientras miraba a Jessica cerca de la cocina hablando animadamente con su madre. Él sabía lo mucho que le dolía a Jessica la enfermedad de su padre. Además, Peter había sido un gran suegro también. George lo quería, lo estimaba.

Ocasionalmente lo miraba como intentando entender si lo que sucedió minutos antes del desayuno, era producto del deterioro de las neuronas de Peter o si había algo más que él mismo no podía percibir. En los pocos meses trabajando en Bardstown, había empezado a percibir un aire de algo que escapaba de los sentidos, como si todos supieran algo que él no.

De vuelta en el apartamento, Jessica aprovechó para arreglar un poco el desorden de George, que, a pesar de ser muy comprometido con sus pacientes, no lo era con su lugar de vivienda. Había ciertas cosas en ese apartamento en las que Jessica no podía involucrarse, George siempre había sido claro en lo referente a respetar ciertos espacios, uno de ellos era ese pequeño cuarto de ropa al final del pasillo, que permanecía cerrado bajo llave y solo podía ser escudriñado por él mismo. De hecho, ella lo sabía bien porque ya antes, al tratar de abrirlo, George se mostró molesto, como si guardara algo muy preciado para lo que quería privacidad... y la exigía.

Para Jessica, ese espacio se convertía en un muro entre los dos, porque ella había crecido en un hogar de puertas abiertas, sin límites para nadie, ese espacio le producía cierta curiosidad, de hecho, le causaba algo de temor, como si fuera un secreto que le incomodaba del hombre con quien ella convivía parte del tiempo y que probablemente sería su esposo más adelante.

Ella solo sabía de la familia por lo que él le dejaba saber, aunque siempre era reservado con el tema. Su padre se había suicidado siendo el muy joven y su madre, aparentemente no guardaba la mejor relación con él.

George sentía que su madre había sido cruel con él y por momentos decía que...

-"*Ninguna mujer debería parecerse a ella*".

Ella sentía que George prefería no hablar del tema, inclusive nunca permitió que ella lo acompañara a visitar a su madre en el hospital mental Iderelle Davis, en Carolina del norte. Sin embargo, él siempre estaba a cargo de pagar los gastos de su madre y que nunca le faltara nada.

GEORGE ENTIENDE SU DON

Cada día en Bardstown, George disfrutaba más su trabajo, sentía que había tomado el lugar correcto, crecía su número de pacientes. Él sentía la libertad de no estar encerrado en una oficina médica, pero probablemente más importante era sentir la posibilidad de entender cada paciente, su entorno, sus necesidades, su sentir real, en su propio ambiente.

Muchos de sus pacientes vivían en soledad, ya sea triste o bien llevada, pero otros contaban con el apoyo de sus familias. Muy profundo en su mente también sentía que tanta alegría no le correspondía, como si hubiera usurpado ese lugar.

Ese día seria especial, los sucesos lo harían entender, pero él no lo sospechaba, no sospechaba que cambiaría su percepción para siempre.

Era un martes mientras visitaba a Albert Johnson, un sargento retirado del ejército de los Estados Unidos, con profundo orgullo de su vida, de la entrega de los años más hermosos a la causa de la nación, que para ese momento ni sus nietos recordaban. Sin embargo, cada miércoles a eso de las dos de la tarde, su hija Danielle, profesora de inglés en una escuela primaria cercana, asistía a hacerle compañía a su padre por un par de horas, y desde que George estaba visitando a don Albert, cumplía las citas con especial interés.

-*"¡No se quiere tomar sus vitaminas doctor, dígale lo importante que son!"*, dijo Danielle como buscando el apoyo de George para convencer a su padre.

El doctor Kaffman sabía lo importante que era apoyar a Danielle para obtener un soporte decidido en el cuidado de su padre.

Dio vuelta a su cuerpo dirigiéndose a Albert.

-*"Sargento, he visto a muchos oficiales de alto rango que me han dicho que las vitaminas los mantienen fuertes y energéticos"*, hizo una pausa como dejándolo digerir lo dicho en su enlentecida mente.

"Creo que es buena idea tomarlos", término diciendo.

-*"Ellos no estuvieron en la guerra como yo"*, aseguró Albert, *"yo sí comandaba el escuadrón 23 cuidando mis hombres, las balas nos rozaban, de todos lados nos disparaban, el suelo era de barro, resbaloso, un paso en falso y caíamos, como cayeron varios"*.

Su mirada se perdía de vez en cuando mientras hablaba con el orgullo en sus palabras.

Sin más ni más, ocasionalmente señalaba la pared frente a él, llena de pequeños cuadros enmarcando medallas y diplomas que certificaban lo que decían sus palabras.

-*"¿Ve esa medalla de color rojo con una línea azul?"*, preguntó el Sargento mientras la señalaba con exactitud, *"es la *estrella de bronce y solo se les da a personas que lucharon como yo, con valentía...¿y esa azul con pequeñas estrellas blancas?"*, preguntó nuevamente el sargento.

-*"¡Lea lo que dice en letras pequeñas!"*, siguió, a lo que el doctor Kaffman respondió levantándose como queriendo hacerle el honor de leer lo que señalaba.

Después de acercarse un poco más para enfocar mejor el escrito debajo de la hermosa medalla, completamente bien conservada y encerrada en un cuadro con frente de cristal que dejaba ver su grandeza, pero a su vez, la protegía del tiempo inexorable del que el mismo sargento sería la víctima.

-*"Otorgada por: Valentía e intrepidez con riesgo de la propia vida, más allá de la llamada del deber, estando en combate contra un enemigo de los Estados Unidos"*, leyó en voz alta para que el Sargento escuchara lo que leía.

El doctor Kaffman se permitía disfrutar esos relatos y miró una por una sus insignias y condecoraciones, tenía enfrente de él a un hombre que probablemente escapó al llamado de la muerte muchas veces. Se llenó de orgullo por ese hombre, casi lamentando que hoy, casi olvidado, sus relatos no significaban nada, no los oía nadie, no le interesaban a nadie. Ahora solo a él.

Se sentó enfrente de Albert. Fue un momento especial para los dos. Albert pensaba que había pasado un siglo desde que alguien le permitía hablar de su heroísmo, de su entrega por un país del cual se sentía orgulloso, que defendió casi hasta morir, y por quien perdió su pierna derecha obligándolo a sentarse de por vida en una silla de ruedas.

El Doctor Kaffman escuchó miles de historias de su paciente, que, aunque ya había visitado en una oportunidad, en aquel momento estaba en su cama por una bronquitis que le producía algo de fatiga. Sintió la satisfacción de haber conectado con un hombre tan maravilloso como Albert, lleno de anécdotas y vivencias.

Al mirar los récords enviados por su médico anterior, sabía que su corazón tenía problemas, serios. Había tenido varios infartos y la fracción de eyección de su corazón era apenas de un veinte por ciento, por lo que se le había implantado un desfibrilador años atrás. Por su imposibilidad de asistir a la consulta fue referido a él para continuar su seguimiento en casa. No tenía un buen pronóstico.

-*"Carvedilol, Entresto, Aspirina"* ....

Revisó uno a uno de sus 12 medicamentos mientras los nombraba para asegurarse de que su hija lo escuchaba y asentía con un gesto en señal de que efectivamente lo estaba recibiendo. Dejó un documento escrito con la lista de medicamentos que se adhería con un imán a la puerta de la nevera.

-*"Importante reducir al mínimo la cantidad de sal"*, dijo mirando a Danielle.

Ese día fue diferente, algo detuvo a George más tiempo del planeado. Lo disfrutaba.

Llegaba el momento de despedirse y continuar sus visitas planeadas del día, todo parecía corriente, normal.

Tomó la mano del sargento y se sentó nuevamente frente a él mientras Danielle se despedía presurosa desde la puerta de la casa.

-*"Debo estar en media hora en la peluquería doctor,*
por favor cierre la puerta al salir", dijo.

Antes de salir se devolvió a paso rápido para dar un beso en la frente de su anciano padre, casi sin decirle nada.

El doctor Kaffman, todavía tomando la mano del sargento y sintiendo un calor que los conectaba mutuamente, lo miró a los ojos.

El sargento sentía el interés genuino del doctor Kaffman y eso lo hizo sentir confortable, cómodo, a gusto.

-*"Doctor, yo necesitaba un médico como usted, más que*
un médico. Tengo tantas historias que nadie oye, que
son parte de mí, de mi historia, de mi vida" ...

Mientras seguía hablando, el doctor Kaffman sentía que no podía perder contacto con los ojos de Albert, como si una fuerza extraña lo mantuviera así.

- *"Estoy en paz, puedo irme en cualquier momento,*
Dios me hizo un llamado", oyó George, pero...

-*"¿Cómo es posible?, ¡no es lo que me dice su boca!",*
pensó George mirando a su alrededor.

Tuvo la misma sensación que le produjo en su momento el señor Holder, como si viniera de sus ojos, de su mirada, o quizá, de su cerebro. Como si en ese momento estuviera sintiendo lo que el sargento tenía en su mente y no quería decir.

Esta vez decidió enfrentarlo, ya varias veces había sentido lo mismo con diferentes pacientes y personas.

Como persona de mente científica que siempre quiso ser, no tenía una especial opinión por cosas sobrenaturales o mágicas, pero lo que le estaba pasando lo intrigaba, por momentos lo asustaba.

-"*Sargento siempre es un placer verlo a usted, así que en cuatro semanas nos vemos y espero me diga algo de lo peor que vivió en Vietnam*", dijo el doctor Kaffman mientras lo miraba como escudriñando en sus ojos.

-"*Tengo muchas historias doctor, la más interesante es nuestro desembarco en…*", mientras lentamente se refería a ello, George súbitamente oyó, sin oírlo…

-"*No habrá otro día…*"

George se sentía aterrorizado, era claro lo que oía, mientras tanto el sargento seguía hablando.

-"*…Fue un desembarco sangriento, muchos murieron ese día, yo mismo tuve que cargar heridos para internarlos a la selva…*", hizo una pausa, "*creo que fue mal planeado…*", seguía.

George lo interrumpió guiado por la premura del tiempo.

-"*Sargento, guárdeme esa historia para la próxima vez que nos veamos en cuatro semanas*".

-*"Es mejor doctor, son muchas y..."* mientras el
sargento hablaba, George volvió a escuchar lo que,
sin ser una voz, él entendía claramente...

-*"No habrá otro día, fui llamado a la eternidad".*

El sargento seguía hablando...

-*"Muy diversas mi querido amigo, si hay tiempo se las contaré
todas con detalle, al fin y al cabo, nadie me las ha preguntado
en más de 40 años, ja,ja,ja",* terminó con una sonrisa que
adornaba su cara llena de arrugas que revelaban el tiempo.

-*"¿Por qué piensa que no habrá otro día sargento?",* se
decidió a preguntar directamente George.

-*"¿Cómo sabe doctor?",* preguntó el sargento que sintió
como cuando alguien es descubierto en su secreto.

-*"¿Saber qué?",* devolvió la pregunta George.

Para ese momento sentía que esa conversación le aclararía
mucho lo que últimamente sentía con varios pacientes.

-*"Siento que usted es capaz de entrar en mi mente, como si
entrara en mi cerebro, como si lo escuchara",* dijo el sargento,
"he vivido mucho doctor…. es tiempo de irme", terminó.

George volvió a sentarse como interesado en lo que el sargento
tenía por decir.

-*"Quizá este un poco deprimido sargento, eso no significa que vaya a morir, de hecho, yo lo necesito para saber cosas que solo usted me podría decir"*, dijo George con cariño.

-*"Hay muchas cosas que podría decir..."*, interrumpió el sargento antes de terminar su frase.

George sintió un frio que recorrió sus huesos. El sargento levantó su vista hasta mirarlo fijamente.

Sin hablar, el sargento seguía mirando a George, como si no pudiera quitarle la vista de encima.

-*"Los túneles"*, escuchó George sin que el sargento articulara una sola palabra.

Sintió que necesitaba desconectarse de la mirada de ese hombre y lo hizo... soltó su mano y quitó su vista de la del sargento como forzando una desconexión. Sintió miedo, pero también mucha curiosidad, él sabía poco de ese misterioso entramado de túneles que la ciudad escondía en sus entrañas y que sus habitantes parecían saber, pero como si fuera una leyenda.

-*"¿Qué pasa con los túneles sargento?"*, preguntó George.

-*"¿De qué habla doctor?"*, dijo el sargento guardando un momento de silencio. *"¡hay cosas que es mejor no remover doctor!"*, terminó diciendo.

George sintió que debía salir de ese lugar y lo hizo. Convino regresar en cuatro semanas a visitarlo nuevamente.

George terminó ese día viendo otros dos pacientes y camino

a casa, mientras conducía su auto por la calle *Cathedral*, noté que la biblioteca *Nelson* se encontraba todavía abierta al público. Se estacionó y entró. Se posicionó en uno de los computadores. Investigó lo más que pudo acerca de los túneles debajo de la ciudad y como estarían relacionados con personas desaparecidas. Los casos policiales abiertos y los que de alguna forma fueron resueltos.

Pronto el encargado de la biblioteca se acercó y le anunció que el cierre por ese día era en 10 minutos, lo que lo obligó a cerrar lo buscado y salir del lugar.

-*"El señor Holder todavía busca a su hermano, el sargento parecía querer decir algo acerca de esos túneles"*, pensó mientras abría la puerta de su automóvil, *"algo me llama a saber acerca de esos túneles, pero parecería más un mito que una realidad"*, siguió divagando en su mente.

-*¿Y si es cierto?*, se preguntó George en voz casi imperceptible.

Entró al auto y arrancó el motor. Trató de olvidarse del tema en camino a su apartamento.

Después de estacionar, mientras caminaba a la entrada de su edificio, donde debía marcar una clave para lograr acceso, sintió una ola de brisa fría que lo hizo tiritar por unos segundos, casi no atinaba a acertar con exactitud su dedo en cada tecla. Sin embargo, así como llegó, se desvaneció y, aunque le pareció extraño, pensó que quizá en esa ciudad pasaban esas ráfagas de viento frio momentáneas.

Entró a su apartamento, directo a la cocina. No había notado que después de la taza de café de la mañana, no había consumido ningún alimento, no almuerzo, no cena, a duras penas agua mientras visitaba sus pacientes.

Se preparó un sándwich de jamón y queso en un croissant dulce, con mayonesa, justo como se los preparaba su madre cuando era apenas un niño. Acompañado por una cerveza fría que siempre guardaba en su refrigerador, comió lentamente, mientras leía una búsqueda en internet que le interesó: *"Instrucciones para comportarse como un verdadero médico"*.

Esa noche, antes de ir a la cama, sonó su teléfono anunciando un mensaje.

> -*"Doctor, le escribe Danielle Johnson, la hija del Sargento Johnson, quería agradecer su atención para con mi padre, nunca fue tan feliz, quiero informarle que mi padre murió en la paz de Dios hace una hora, en su cama".*

George leyó el mensaje con atención. No pudo evitar pensar en su último encuentro con él. Se dejó caer en su cama, azotado por el cansancio, pero impresionado por la noticia.

> -*"Me lo anunció, me lo anunció",* pensó varias veces.

De pronto se vio pasando sin caminar, sin correr, casi suspendido en el aire por un túnel obscuro, con pequeñas antorchas pendiendo en sus paredes que iluminaban tenuemente a su paso el camino.

Muchas sombras formaban figuras que él no podía reconocer, pero que de alguna forma le producía temor, sentía una gran velocidad a su paso, pero ni un pelo suyo se movía, como una autopista de sensaciones nuevas, sin control. Nada de lo que estaba viendo tenía sentido para George.

Súbitamente se encontró inmóvil, como levitando enfrente de una rustica tumba improvisada de la que se asomaba una mano gris que dejaba ver un anillo en su dedo anular que reconoció inmediatamente, era el anillo de su madre.

Como si lo impulsara un viento fuerte, siguió su recorrido por ese túnel. En una curva de ese largo túnel, se acercaba suspendido en el aire el cuerpo de un bebé, parecía sin vida, con una pijama larga y desaliñada, aunque flotaba suspendido en el aire, sus bordes se arrastraban por el suelo.

A pesar de ser solo un bebé, lo miraba fijamente, no lo dejaba de mirar, como si quisiera decir algo, como lleno de rabia y dolor. Detrás de él, flotaba en la misma dirección el cuerpo de un hombre, fuerte y musculoso, lleno de sangre, con un agujero de bala en su frente, seguía flotando. Después de pasar por su espalda, súbitamente sintió que aprisionaban su cuello desde atrás, como impidiendo su respiración...

Despertó mientras tosía y tomaba una bocanada de aire que le devolvía la vida, respiró varias veces, todavía sentía que su cuello era presionado y si, estaba presionado, la sábana retorcida por los movimientos incesantes durante aquel sueño había formado un torniquete alrededor de su cuello que lo apretaba.

Rápidamente lo desenrolló liberando su cuello. Se dio cuenta de que había sudado, mucho. Las sábanas y el colchón estaban empapados, la almohada estaba a casi dos metros de su cama, contra una pared como esperando ser devuelta a su cama. La tomó y organizó su aspecto para ponerla en su sitio.

Se reorganizó en la cama y se acostó disponiéndose nuevamente a dormir.

-*"El sargento me lo anunció, me anunció su muerte, sin siquiera hablar me lo dijo"*, pensó.

Por su mente rondaba la pregunta de lo que percibía, pero esa noche entendió, que tenía un don especial.

-*"Puedo percibir"*, dijo en voz baja.

Entendió que, si logra crear un vínculo de relación con el paciente, en ese preciso momento de contacto visual inicia una comunicación no verbal, que no depende de lo articulado por las cuerdas vocales... una comunicación extrasensorial.

Debió ir al baño y lavarse un poco la cara.

-*"Tengo las uñas sucias, debo ser más cuidadoso con el aseo de mis manos"*, pensó mirando sus manos con atención.

Inmediatamente volvió a la cama y quedó dormido profundamente.

SEPELIO DEL SARGENTO JOHNSON

Esa semana George decidió acudir a la velación del sargento Albert Johnson en el *"Barlow funeral home"*. Se lo merecía, merecía los honores que le estaban ofreciendo en esa sala de velación.

Como casi todos los días en Bardstown, no era excepción el cielo gris y nublado, pero ese día además había una ligera llovizna entristeciendo el ambiente.

Su cuerpo sin vida estaba vestido con un uniforme lleno de medallas que lo adornaban, en un ataúd de madera con abertura en su cabecera que dejaba ver, a través de un vidrio, la parte superior del tórax, el cuello y la cabeza de Albert.

Se veía sublime, libre, diáfano.

Lo rodeaban abundantes flores blancas que daban una sensación de paz y reposo.

Una bandera de los estados unidos reposaba perfectamente doblada encima del ataúd, al igual que sus medallas en alineación casi militar.

George se acercó lentamente a saludar a su hija Danielle, quien se encontraba sentada en una silla muy cerca de ese ataúd.

Se veía triste, aunque probablemente sentía una sensación de alivio, había sido testigo del deterioro de su padre, con quien tenía una buena relación, pero con pocas coincidencias.

Ella tenía ideas muy liberales que no colindaban con las de él. Era una persona rígida, de pocas palabras de cariño, pero a su vez muy presente en su familia, buen esposo.

Después de la muerte de su esposa, la soledad que invadió su vida lo empujó a un aislamiento de su propia familia, no tenía una relación fluida con sus nietos adolescentes, lo que mutilaba un poco las visitas espontáneas de sus mismos hijos.

Era una lástima porque era un hombre lleno de experiencias de resiliencia, de sabiduría cruda, simple, que quizá, con un poco de paciencia e interés de sus hijos, hubiera podido ser aprovechada por sus nietos también.

Al lado de Danielle se encontraban dos de sus hermanos también, todos esperaban la llegada de su hermana mayor Marie, que sería la más afectada por la muerte de su padre, porque durante los últimos 12 años, y desde la muerte de su madre, no dedicó tiempo para viajar a ver a su padre y eso le pesó cuando se enteró de la noticia, sintió haber sido tal vez injusta con su propio padre.

Le llamó la atención no ver a sus nietos en ese lugar.

> -"*Familia Johnson buenos días*", se dirigió a Danielle
> y sus hermanos Albert Jr. y Robert extendiéndoles
> su mano derecha de forma gentil.

Ellos se pusieron de pie, con sonrisas en su rostro y una actitud de agradecimiento por los momentos dedicados por George a su padre.

-*"Siento mucho su pérdida, que es nuestra pérdida, la pérdida de un gran hombre de este país"*, les dijo en voz calma y empática.

-*"Tuve el honor de conocerlo y oír sus memorias, memorias que mantendré como un tesoro en mi vida".*

-*"Gracias doctor Kaffman, muchas gracias"*, dijo Robert.

Su expresión que demostraba ese agradecimiento y a su vez algo de admiración por George.

Sus hermanos asintieron demostrando coincidencia con lo dicho.

George hizo un gesto como pidiendo permiso para ver el cadáver del sargento.

Caminó varios pasos hasta quedar justo al frente de la cabecera del cadáver. Se veía plácido sin angustia, dormido, profundamente dormido.

Ese gran hombre que yacía sin vida en ese féretro era el que le ayudó a entender su don. Sentía miedo de lo que percibía, hubiera preferido no tenerlo.

Quería olvidarse de eso, despertar un día y no tenerlo.

Mientras estaba en ese lugar, George sentía una especie de bienestar interior, como si la presencia del sargento le ofreciera cierta *"protección"*, aunque no podía definir bien de qué. Simplemente lo sentía así.

Tomó un café sin azúcar ni crema que era ofrecido en el lugar y se sentó unos minutos con su mente en blanco.

El encargado de la funeraria se acercó a él.

- *"¿Doctor Kaffman?"*, preguntó con gesto de genuflexión que combinaba respeto y formalidad.

- *"Yo soy el doctor Kaffman"*, respondió George levantándose mientras extendía su mano para saludar.

- *"Mi nombre es Albert, como usted fue el médico de cabecera del sargento, debo pedirle que complete la forma del certificado de defunción"*, le dijo mientras, abría un folder que contenía un certificado.

-*"Claro, déjelo conmigo, lo haré en un minuto, gracias"*, respondió George.

Mientras, tomaba el documento con su mano y sacaba del bolsillo de su camisa un lapicero Mountblank negro que había sido un regalo de Jessica.

George buscó una mesa cercana para escribir en el papel.

Mientras lo hacía, notó la presencia de un individuo de tercera edad que se encontraba sentado del otro lado del féretro.

*-"Sería un viejo amigo del sargento...se parece
a mi padre"* pensó George.

Sentía que lo miraba con nostalgia, lo seguía con la mirada, *como si quisiera hablarle.*

Era alto, de tez blanca, con un bigote que se entorchaba en cada punta, vestido con traje y corbata pulcro de apariencia y un sombrero de forma redondeada y visera corta, conocida también como boina plana de estilo inglés, que fue ícono de la moda masculina en alguna época en personas de edad mayor.

Apoyaba su mano derecha en un bastón con mango dorado que terminaba con una figura que pretendía ser la cabeza de un león.

George lo miró un par de veces y ante la insistente mirada, decidió que terminaría su documento antes de acercarse a él para indagar un poco de quien se trataba y su relación con el sargento.

Sin embargo, le causó curiosidad que ninguno de los familiares presentes parecía prestarle mayor atención, e inclusive podría decir que actuaban como si no estuviera allí, como si no lo vieran.

Al terminar de completar las formas necesarias, George dio la vuelta a su cuerpo mientras se levantaba de la vieja silla de madera que usó para acomodarse mientras escribía. No logró ver al hombre que hacía algunos minutos le miraba desde su silla junto al féretro.

Curioso, George se levantó y fue al baño con la esperanza de encontrarlo, pero tampoco lo encontró ahí.

Caminó entonces presuroso a la puerta de salida y echó una mirada al amplio parqueadero que prácticamente rodeaba la casa funeral.

No estaba en ese lugar. Notó que la liviana llovizna que caía al entrar, había cesado, dándole paso a un cielo más despejado y por momentos, soleado.

Volvió a entrar y preguntó al empleado del lugar.

>   -*"¿Usted vio al señor que estaba sentado al costado de allá?"*, señalando el lugar donde lo había visto.

>   - *"Realmente no, de hecho, ha sido uno de los funerales con menor asistencia últimamente".*

George decidió salir del lugar no sin antes despedirse de la familia del sargento.Ese día continúo visitando pacientes, varios de ellos nuevos para él. Con cada paciente sentía como crecía su práctica.

Bordeando las 5:30 de la tarde, ya casi haciendo su aparición el manto de la noche, se dirigía a visitar a su último paciente del día, que en realidad eran dos, una pareja de entre los 65 y los 75 años que habían pedido su cita unas semanas antes.

LOS AVINSTON

Leonard y Gabrielle Avinston, estaban casados desde hace más de 40 años. Los dos llegaron a Bardstown en su juventud después de probar suerte sin éxito en negocios.

Aunque tuvieron dos hijos, Vincent y Gisselle, ellos desde hace mucho tiempo vivían en el exterior y poco se ven.

Leonard se dedicó desde joven a *"negocios varios"* que Gabrielle nunca pudo precisar, pero producía suficiente dinero como para mantener su hogar y guardar ahorros.

En alguna época de su vida amasó una mediana fortuna que por alguna razón guardaba en lugares secretos de su casa y que él explicaba a su esposa como una forma de no *"dejarse robar por los bancos"*.

Tenía la sensación de que muchos querían robarlo, engañarlo o asaltarlo en su *"buena fe"*, esa idea lo merodeaba en cada actividad de su vida, pero se acentuaba con los años.

Una vez en Bardstown, varios de sus negocios florecieron y llegó inclusive a prestar dinero a varias personas de la comunidad con intereses que pudieran ser interpretados de usura por muchas personas, pero que, al ser libre de papeleos y garantías, para algunos era conveniente.

A su llegada a la casa de los Avinston en Watterson Park, George no pudo dejar de admirar la construcción y el verdor de su vegetación. Se sentía el lujo y el buen gusto, con un toque de opulencia para esa ciudad de poca pretensión.

Muchas ventanas en el frente del segundo piso dejaban suponer una gran cantidad de cuartos de habitación. El primer piso tenía ventanas espaciosas con un estilo un poco antiguo, pero definitivamente elegante y agradable a la vista.

Pudo percatarse de que el jardín estaba perfectamente podado y lleno de flores coloridas, detuvo su vista para apreciar especialmente un segmento evidentemente dedicado a las flores de Trillium, considerada autóctona de esa región de Kentucky con su forma característica de solo tres hojas y tres pétalos de colores llamativos por lo general morado oscuro, pero algunas también de color amarillo o inclusive blancas.

Se acercó para constatar que en esa época del año muchos insectos se encontraban merodeando el centro de esas flores, donde se segrega un olor peculiar que atrae esos insectos que a la postre ayudan con la polinización en el área.

George quedó unos minutos ensimismado con lo que veía, disfrutaba el momento. Miró hacia la casa…

-*"Algún día tendré una parecida",* pensó.

Siguió caminando hacia la puerta de entrada y justo antes de llegar, se abrió dejando ver la figura de Leonard, un hombre alto, de tez blanca, en buena forma, impecablemente vestido con traje azul, camisa de cuello pequeño, sin corbata, y con un pequeño pañuelo que se asomaba en el bolsillo de su saco, doblado de forma que sobresalían sus esquinas, zapatos limpios y brillantes, con apariencia de ser nuevos o por lo menos poco gastados cada detalle de su vestir dejaba notar su buen gusto.

Su pelo era escaso y con distribución androide que mostraba un área frontal sin una hebra y a los lados, muchas canas visibles, aunque bien cortado.

Mostró una sonrisa que le indicaba a George una amabilidad que no le era extraña en Bardstown.

-*"Doctor Kaffman, soy su nuevo paciente, llámeme, Leonard, por favor",* dijo, *"esta es su casa",* siguió diciendo casi sin pausa y haciendo un gesto con su mano que le invitaba a entrar al lugar.

Una vez adentro encontró a su esposa Gabrielle, quien venia con una bandeja que sostenía un vaso con lo que parecía una limonada natural con dos hielos.

-*"Yo soy Gabrielle apreciado Doctor Kaffman"*, dijo con una sonrisa amable pero respetuosa.

-*"Mi esposo y yo estamos agradecidos de que hubiera aceptado ser nuestro médico de cabecera, hace mucho tiempo que los médicos no hacen lo que usted hace, venir a las casas de sus pacientes"*, siguió diciendo ella.

Gabrielle impresionó mucho a George, porque tenía cierto parecido a su madre, delgada, con piel blanca, de mediana estatura, ojos pequeños, cejas pobladas y sonrisa con dientes delanteros algo separados. Le impresionó tanto que sintió cierto escalofrío al verla por primera vez.

-*"Siempre quise tener una práctica con un estilo diferente, algo más parecido a lo que inspiró la medicina, ser médico de cabecera... en la cabecera"*, dijo con una pequeña risa George.

Se sentaron en la mesa de la sala empezando una conversación irrelevante acerca de lo bien que se veía el barrio y sus características, que, para George, era una forma ideal para vivir.

-*"Señor Leonard, primero que todo, debo decirle que su esposa es muy parecida a mi madre, pero para entrar en su tema médico, sé que ha sufrido de la próstata últimamente, lo tomé de la historia clínica que me facilitó su médico primario anterior"*, dijo George para entrar en el tema médico.

-*"Además tuvo oclusión de la arteria coronaria descendente anterior de su corazón que fue tratado con un Stent coronario hace muchos años en el Hospital de la universidad de Louisville"*, siguió diciendo.

George siempre se oía muy seguro de sí mismo, era organizado en su hablar, así como estricto con el orden en su vida cotidiana fuera de su apartamento.

George entregó a Leonard una lista de medicamentos que traía por escrito.

-*"Por favor confírmeme que está tomando todos estos medicamentos, así como aquí lo dice Señor Leonard".*

Leonard recibió la lista, se puso sus lentes y empezó revisando cada uno en detalle.

George hizo lo mismo con Gabrielle, aunque ella solo tomaba

Metformina para su prediabetes y un suplemento de Omega 3.

Gabrielle se levantó de la silla hacia la cocina.

George examinó a Leonard cuidadosamente, escuchó con su estetoscopio que tenía un soplo en una de las válvulas del corazón, también sus pulmones mostraban evidencia de haber sido fumador, lo que coincidía con lo anotado en la historia clínica. Una vez terminó, se sentó enfrente de él y por unos segundos sus miradas se cruzaron.

-*"¡La odio!"*, escuchó George, sin poder notar ningún movimiento en los labios del señor Leonard.

-*"¿Qué me dijo?"*, preguntó en voz alta George a Leonard, como tratando de aclarar lo que oía.

George ya entendía que él tenía una habilidad intrínseca, tal vez un don, de oír partes del pensamiento de sus pacientes si prestaba suficiente atención, ya no lo asustaba la idea de hacerlo, por el contrario, buscaba el momento de escudriñar en la mente de las personas sus más íntimos, quizá no expresables sentimientos. Sin embargo, le llamó la atención en especial lo que escuchaba....

-*"¿Odia a quién?", dijo George*

-*"¿Por qué?, ¿Qué estaba pasando en ese*

momento?", pensó en silencio George.

Se llenó de intriga por esa frase que oyó y que sabía que venía del cerebro del señor Leonard.

-*"¿De qué habla Dr Kaffman?, no he dicho nada"*, le respondió Leonard.

Leonard se veía un poco extrañado con su pregunta, aunque lo miraba fijamente con ligero tono que George percibía desafiante.

La conversación se vio interrumpida por Gabrielle que hacía nuevamente su aparición con una caja que contenía *"Bourbon balls"*, típicas de la región hechas de chocolate relleno de Bourbon, para ofrecer a su visitante.

George examinó igualmente a Gabrielle sin encontrar algo que le llamara la atención. Hizo algunas anotaciones en su laptop y lo cerró, dando por terminada la visita por el día.

Antes de irse, les dejó órdenes para realizarse exámenes de laboratorio y una cita para encontrarse nuevamente en un mes y así revisar los resultados.

Los Avinston se despidieron amablemente y lo acompañaron hasta el auto.

Una vez en el auto, George pensaba que le pareció extraño que una persona tan amable y cordial, con una vida aparentemente tranquila, estuviera pensando en odio por otra persona, pero...

-*"¿Por quién?, ¿sería por su esposa?"*, pensó.

Mientras ajustaba su cinturón de seguridad, notó el cielo nublado nuevamente. Ese día continúo visitando otros pacientes sin mayores retrasos.

George leía compulsivamente temas científicos, sentía que debía hacerlo, tenía la sensación de que no sabía lo suficiente, como si nunca hubiera sido suficiente.

DE REGRESO A VISITAR AL SEÑOR HOLDER

Después de más de dos meses de su visita anterior, George regresó a principios de mayo a visitar al Señor Holder para revisar los exámenes, el mismo había postergado la visita porque hasta ese momento, se había negado a tomarlos, además hasta hace escasas dos semanas se había puesto la vacuna de la neumonía, la influenza y el virus sincitial respiratorio, ordenados por George durante su primera visita.

Advirtió que la puerta de entrada al jardín tenía algunos arreglos y el jardín mismo tenía un aspecto más organizado y con algunas flores que parecerían estar ahí al azar, como por generación espontánea, algunas petunias y flores de mayo se repartían el espacio de ese pequeño jardín sin ningún orden.

Ya empezaba a sentirse el calor típico de la época en esa ciudad y que probablemente sería peor entre junio y agosto.

El señor Holder había dejado la puerta de la entrada abierta, lo que no era raro para él.

-*"¡Señor Holder voy a entrar!"*, anunció George en
voz lo suficientemente alta para ser oído.

-*"Adelante mi querido doctor Kaffman"*, dijo el
señor Holder casi de inmediato.

-*"Espero que haya notado los arreglos en mi terraza"*,
siguió casi gritando, como orgulloso.

-*"Lo ha hecho Jean Paul y su esposa Olivia, creo que se cansaron de ver mi terraza tan mal presentada que desluce la de ellos, jajajaja"*, hizo una pausa antes de continuar, *"hasta que lo logré, jajaja"*.

Ciertamente el señor Holder se veía más animado que durante la visita anterior.

George le hizo algunas preguntas y tomó sus signos vitales, revisó sus medicamentos y se sentó frente a él mientras leía los resultados de sus exámenes.

En la pared, encima de la chimenea, se veía la foto de un hombre, enmarcada con letras en la parte superior que decía...

-*"Joseph, aún te espero"*.

-*"Tiene un poco de anemia señor Holder, veo que su hierro está bajo, así como las proteínas. Voy a tener que empezarle algunos suplementos"*, dijo George.

Después de un rato de silencio, el señor Holder ofreció un bourbon al doctor. Se relajaron un poco.

George tenía en su mente cierta curiosidad por el hermano del señor Holder. No solo que se había perdido sin dejar rastro, sino que su caso probablemente nunca fue resuelto.

-*"¿Qué cree que sucedió con Joseph señor Holder?"*, preguntó

George mirándolo a los ojos con atención.

El señor Holder ya para ese momento veía en su doctor una persona de confianza, le daba seguridad, le permitía hablar de algo que había callado suficiente tiempo y que le dolía.

-*"Aunque conservo esperanzas porque nunca vi su cuerpo sin vida, creo que fue asesinado y probablemente su cuerpo este en alguno de esos túneles oscuros que atraviesan por debajo de esta ciudad doctor"*, dijo dejando una pausa...

-*"Eso es lo que creo"*.

-*"Y, ¿por qué alguien quisiera asesinarlo?"*, preguntó George con curiosidad.

-*"No lo sé doctor, era tan bueno, aunque..."*, guardó silencio.

George inclinó un poco su cuerpo hacía adelante y frunció el ceño como obligando al señor Holder a continuar su frase.

-*"El año en que desapareció, él estaba muy activo en el juego, que era su único vicio, al fin y al cabo, decidió no tener familia y yo era su única responsabilidad económica..., en esa época, recién llegaba a la ciudad alguien que promovía peleas ilegales en uno de los túneles, donde se hacían apuestas cada vez mayores, yo lo sabía porque quien era mi jefe en ese momento solía ir y apostar, él fue quien me reveló que Joseph participaba apostando en esas peleas"*, explicó el señor Holder.

Sentía cierto alivio de tener alguien en quien confiar, que

le permitiera sacar ese dolor que sentía por su perdida, la impotencia de ser incapaz de moverse en la vida sin su hermano.

-*"¿Cómo estaba Joseph económicamente?"*, preguntó George

-*"No lo sé doctor, era muy difícil saberlo... Él siempre me decía*
que no quería que perdiéramos la casa de nuestros padres,
que es esta en la que vivo hoy, pero siempre cumplía con sus
obligaciones, creo que no era muy buena su situación, pero nunca
me lo decía, yo solo me daba cuenta porque se volvía silencioso,
pasivo, pensativo", seguía diciendo el señor Holder.

George continuaba mirándolo fijamente como si quisiera entender un poco más...

Como si se sintiera obligado a continuar hablando, el señor Holder siguió...

-*"Yo recibí un par de llamadas agresivas dirigidas a mi hermano,*
exigiéndole el pago de lo que debía, amenazándolo de evitarse una
pierna rota" ...dijo, bajando la mirada como si se avergonzara.

-*"Nunca le dije esto a Joseph, y pienso ahora que,*
si lo hubiera alertado, probablemente estaría
conmigo ahora", dijo el señor Holder.

Apenas logró terminar la frase antes de soltar un llanto que le salía del corazón.

-*"¿Sospecha de alguien señor Holder?"*, cuestionó George.

Sin responder, el señor Holder movía la cabeza como negando, mientras todavía se veían lágrimas rodando por sus mejillas.

Se sentía como si el tema le trajera recuerdos, como si le incomodara tanto que solo hablarlo le causara dolor.

George cambió de tema para distraerlo de su dolor, hablaron de los resultados adversos de los Cardenales de Louisville durante la temporada, del clima en mayo y el aumento de los precios desde el año anterior, en especial después del derribo de las Torres Gemelas, el culpaba al presidente por no haberlo evitado.

Después de verlo adecuado para estar solo, George salió con la promesa de volver en tres meses para una nueva evaluación y seguimiento.

Dejó una lista nueva de sus medicamentos incluyendo varios suplementos que el señor Holder debía tomar.

Una vez en su auto, se relajó por un momento, sentía mucha curiosidad por la desaparición de Joseph que causaba tanto dolor a su paciente, pero además tenía la sensación de estar abriendo una *"caja de pandora"* de situaciones que no esperaría encontrar en un pueblo tan pequeño y aparentemente amistoso.

-"¿Quién podría hacer daño a personas tan sencillas y bondadosas, probablemente tendría que ver con apuestas y deudas de la época?", se preguntaba incesante.

Mientras tanto, encendía su auto para continuar sus visitas.

George continuó su día de visitas de rutina sin mayores contratiempos.

Mientras conducía por la calle Bloomfield, escuchaba con atención el reporte del investigador asignado para varios de los casos no resueltos de desapariciones y asesinatos en el área.

-*"Se arrestó a un sospechoso y hay una recompensa por información que lleve al arresto de otro sospechoso"*, decía la radio.

-*"Es un pueblo pequeño, pero pasan cosas terribles acá, cuánta gente mala"*, pensó George, *"caras vemos, pero corazones no conocemos"*, dijo en voz casi imperceptible.

La radio seguía hablando acerca de estos casos. Cada caso expuesto dejaba evidenciar lo complicado de cada situación, lo enredada que podía llegar a ser la mente humana.

El teléfono sonó, conectado por Bluetooth con el sistema del automóvil, interrumpiendo lo que oía.

George percibió que la llamada venía del teléfono de Jessica.

-*"Mi amor"*, respondió George.

-*"Mi vida, voy en camino a tu apartamento, estoy cansada y quiero que nos quedemos esta noche sin salir, ordenemos sushi o hacemos un sándwich, ¿qué te parece?"*.

-*"Es un trato, ahí nos vemos, llego en 10 minutos"*, dijo George.

C ON JESSICA EN EL APARTAMENTO

J essica llegó antes que George al apartamento, nunca había pasado esto porque por alguna razón el prefería estar esperándola cuando llegaba de Louisville.

Al entrar tuvo una extraña sensación, como si no perteneciera a ese lugar. Entró en el cuarto y se recostó brevemente en la cama como para reposar, pero casi de inmediato sintió la necesidad de explorar un poco, como si debiera saber un poco más de su novio.

Él era muy reservado, sobre todo en lo concerniente a su familia. A pesar de que el visitaba frecuentemente a su madre en el sanatorio mental donde se encontraba recluida hacía varios años y siempre hablaba de lo mucho que quería a su madre, Jessica solo vio una foto de su suegra, no había fotos de su padre, fallecido siendo él un niño. Se sirvió una copa de vino de una botella que yacía solitaria y medio vacía en el contenedor de botellas en la puerta de la nevera, se sentó casi tirándose en el pequeño sofá de la sala.

Notó algunas huellas de tierra rojiza que siguió con su vista hasta llegar al pequeño cuarto de lavado que traspasaba la cocina. Se levantó y siguió atentamente esas huellas. Al abrir la puerta de lavandería, encontró unos zapatos tipo media bota con suela gruesa de caucho con barro rojizo ensuciando casi toda su superficie.

- *"Parece que George está practicando caminatas en la montaña", pensó Jessica. "Hace mucho tiempo que no lo hacía",* siguió.

Tomó los zapatos y los llevó al fregadero, remojó un poco las suelas hasta que se desprendió el barro seco que aún quedaba y los acomodó para secarlos en una esquina sobre un papel de cocina para no mojar el piso. Con un trapero limpió juiciosamente las marcas de ese barro en el piso.

- *"No me comentó que había ido a caminar en la montaña",* pensó.

Las montañas Apalaches alcanzan a adentrarse en Kentucky, lo que es aprovechado por los amantes de las caminatas montañosas para hacer ejercicio y mantener contacto con la naturaleza.

Tiempo atrás George y Jessica disfrutaban ocasionalmente un paseo por esos caminos, pero…

- *"Hace mucho tiempo que no lo hacemos juntos,*
desde que tiene que viajar frecuentemente a visitar
a su madre en Carolina del Norte", pensó.

En la entrada del apartamento, justo al lado del pequeño armario para colgar los sacos y chaquetas, en un pequeño dispositivo para colgar llaves, estaba la llave de la caja de correo que se encontraba en el primer piso de garajes del edificio. Decidió ahorrarle tiempo a George y recoger el correo antes de su llegada, así él no tendría que hacerlo. Mientras el ascensor hacía su recorrido, ella pensaba en su relación con George, él era bastante reservado y hasta ese momento, después de varios años, no había manifestado ningún plan de matrimonio con ella.

- *"¿Será porque no siente que soy la persona adecuada para él?,*
¿quizá el prefiere vivir solo?, ¿Hay alguien más?, ¿Por qué no ha

querido presentarme a su madre?", se preguntaba en silencio.

El ascensor abrió su puerta en el garaje y ella salió, todavía distraída, pensativa.

Abrió con la llave el casillero de correspondencia de George. Había varios sobres esperando ser recogidos y ella lo hizo. Mientras esperaba el ascensor para volver al apartamento dio una mirada a la correspondencia sin abrirla. Uno de los sobres precisamente tenía como remitente el sitio de retiro de su madre en Carolina del Norte.

El ascensor se abrió en el primer piso y ahí estaba George, esperando para subir. Al verla mostró una sonrisa, se apresuró a entrar y le dio un beso.

- *"Estaba recogiendo tu correspondencia mi vida"*, dijo Jessica.

-- *"¿Por qué amor?, no tienes que hacerlo"*, respondió George dejando un espacio de silencio, *"Pero gracias, mi amor"*, siguió.

Ella le entregó la correspondencia y entraron al apartamento. Esa noche él se encargó de preparar la cena. Un pollo al horno adobado con especias frescas que él decía haber recogido durante sus caminatas en la montaña, y papas horneadas con algo de queso rallado encima. Lo complementaron con verduras frescas y una copa del vino que ya él había servido. Tuvieron una conversación amena y hablaron de sus trabajos.

Prendieron el televisor de la sala para oír las noticias y quedaron rendidos con energía solo suficiente para ir a la alcoba, ponerse la pijama y rendirse en brazos de Morfeo. Jessica usualmente tenía el sueño muy ligero y dificultad para conciliarlo, pero esa noche cayó dormida sin problema, sintió el cansancio de la semana y se dejó rendir con la ayuda de ese vino que preparaba su cerebro para relajar su cuerpo.

Temprano en la mañana miró el reloj, *"4:00 a.m."*, leyó en silencio. Miró a su lado y no vio a George. Se sentó en la cama.

      - *"Mi vida"*, dijo como llamándolo.

Él salió del baño en ese momento, se secaba la cara con una toalla.

  -*"Tuve una pesadilla mi vida, me ha pasado recientemente"*, dijo George ligeramente agitado mientras volvía a la cama.

Jessica extendió su brazo para acariciar su espalda.

      - *"Estás sudando mi vida"*, le dijo.

      - *"A veces me pasa que me levantó asustado por esas pesadillas"*, respondió.

     - *"Acuéstate y trata de dormir un poco, voy a hacerte un té de manzanilla caliente para que duermas tranquilo, de pronto deberías tomarte unos días de descanso amor"*, le dijo Jessica mientras se levantaba hacia la cocina.

Jessica preparó un té de manzanilla tibio para George, pero al llegar al cuarto, él estaba profundamente dormido. Ella se sentó en la cama y tomó su té antes de volver a arropar su cuerpo con las sábanas que compartían.

Horas después despertaron con el sol de la mañana visitando el cuarto. Él preparó un café para los dos y se sentaron en la sala. Ella miraba sus mensajes en el teléfono y él, en su computador portátil terminando anotaciones de los pacientes de la semana.

-*"¿Amor, te puedo preguntar algo?"*, Dijo Jessica interrumpiendo el silencio de ya varios minutos.

-*"Claro mi vida, dime"*, respondió George con poco interés.

-*"Ayer noté que llegó una carta de Carolina del Norte, parecía ser del hospital Iderelle Davis…"*, hizo una pausa como esperando que él dijera algo, -*"¿No es el de tu mamá?… ¿ella está bien?"*.

George guardó silencio.
-*"¿Por qué nunca me hablas de ella?"*, preguntó insistente Jessica.

-*"No es nada mi vida, solo que ella esta psiquiátricamente muy enferma desde la muerte de mi hermano muy pequeño y después el suicidio de mi padre, es un tema que prefiero no tocar… son fantasmas que me siguen siempre"*, respondió George con algo de incomodidad reflejada en su cara.

-*"¿La quieres?"*, preguntó Jessica, fijando su mirada como para no quedarse sin una respuesta.

-*"Tal vez si Jessy, tal vez"*, dijo George con voz algo entrecortada.

-*"Está bien amor, no tienes que hablar de eso, hay algo que te duele en tu corazón, yo estaré siempre de tu lado para acompañarte, porque te amo",* le dijo Jessica mientras tomaba su mano con cariño usual para ella.

Todo quedó en un silencio difícil de ignorar para George.

-*"Ella me maltrató mucho después de las muertes... tuve que resistir golpizas y abusos mucho tiempo... al principio no sabía porque, después entendí que estaba enferma, y, aunque me hizo mucho daño, sé que debo acompañarla... hasta la muerte",* dijo George bajando la mirada y con sus ojos húmedos, pero sin llorar.

-*"Entiendo mi amor, pero ella está bien cuidada en su clínica psiquiátrica, estas haciendo lo correcto",* le dijo ella en tono conciliador.

Esa tarde visitaron a los padres de Jessica como usualmente lo hacían y después fueron a Louisville donde pasaron la tarde jugando bolos tomando un par de cervezas y discutiendo de política con otra pareja de amigos de Jessica que también estaban en Bardstown por el fin de semana.

Para Jessica era claro que el sufrió mucho esa situación de la niñez y la adolescencia, pero hacía que, de alguna forma eso la llevaba a admirarlo mucho más por haber logrado cumplir su sueño de ser médico en medio de tantas falencias.

Ella era testigo de las noches en que George parecía sufrir de pesadillas que lo levantaban en el medio de la noche.

VISITANDO A THOMAS ATRIO

Ese lunes temprano George debió usar el paraguas al salir de su apartamento para cubrirse de una ligera lluvia que caía sin mojar, pero hacía sentir un poco mejor el calor de mayo en Bardstown. Buscó en su GPS la dirección de su paciente el señor Atrio en la avenida Susannah. Thomas era un hombre afroamericano de mediana estatura y bastante pasado de kilos, voz ronca y respirar pesado.

Había sido un fumador empedernido hasta que su neumólogo se lo prohibió ante la posibilidad de empeorar su Enfermedad Pulmonar Obstructiva Crónica (EPOC). Sin embargo, Thomas seguía fumando de vez en cuando a escondidas y para hacerlo, se retiraba la cánula nasal que proveía el oxígeno que necesitaba permanentemente para respirar.

Ya habían hablado durante su visita anterior acerca de la importancia de no fumar, la dieta y otros cambios en el estilo de vida para mejorar su diabetes.

Después de conversar acerca del plan de medicamentos y como debía toarlos, incluyendo los que debía inhalar para mantener sus bronquios abiertos y desinflamados, se dedicaron a hablar de la vida en Bardstown.

-*"Thomas, ¿ha oído hablar de los túneles subterráneos debajo de la ciudad?"*, preguntó George, que siempre mantenía una curiosidad por el tema.

-*"Los conozco personalmente Doctor"*, respondió
Thomas dejando pausas para respirar. *"de joven
solía adentrarme en ellos con mis amigos"* …

Se inclinó un poco hacia adelante como quien no quiere que
alguien escuche lo que decía.

-*"Ahí fumé marihuana por primera vez, jajajaja"*,
dijo jocoso y volvió a recostarse a su silla.

-*"¿En serio?"*, le preguntó George.

-*"Si, pasamos buenos momentos, pero también algunos de
ellos tienen historias oscuras, por eso nuestros padres nos
prohibían ir a ese lugar"*, dijo Thomas abriendo los ojos como
si buscara la aprobación de George para continuar.

-*"¿Historias oscuras?"*, preguntó George inclinándose
en señal de estar con mucho interés.

-*"Hay personas de las que nunca se supo más, se desaparecieron….
No tengo dudas de que están en esos túneles… ¡muertos!"*,
enfatizó Thomas con su voz ronca botando gotas de saliva que
volaban de su boca cada vez que levantaba un poco la voz.

-*"¿Sabes de alguna persona que conociste y se
desapareció?"*, preguntó George.

-*"No, pero en la época se sabía que muchas cosas ilícitas
sucedían en esos túneles, hasta Al Capone y sus cuadrillas*

los usaban para esconder alcohol… y quien sabe si para esconder cadáveres", hizo una pausa para tomar aire,

Se sentía animado de contar lo que sabía de ese lugar, de hecho, se sentía animado de tener alguien con quien hablar de temas no relacionados con salud o pago de impuestos.

-*"Se que se hacían peleas ilegales con apuestas de por medio"*, continuó diciendo Thomas mientras inhalaba algo de Albuterol por su boca.

-*"Lo sé porque yo mismo presté dinero para apostar…"*, guardó silencio un poco lánguido, como triste.

-*"Me arrepentí toda la vida de haberlo hecho"*, terminó diciendo mientras levantaba el pantalón de su pierna derecha de forma que dejaba ver una evidente deformidad en la tibia con una cicatriz queloide que impresionaba.

-*"¿Qué sucedió con su pierna?"*, preguntó George con cierta muestra de horror en su cara.

-*"Yo había apostado pequeñas cantidades en esas peleas y casi siempre ganaba, me confié y decidí apostar con los grandes…"*, se quedó en silencio.

-*"¿Cuánto?"*, preguntó George presuroso.

-*"Diez grandes"*, dijo Thomas, *"lo tomé prestado de alguien que apenas conocía, recién llegado al pueblo, lo recuerdo como si fuera ayer, un hombre alto y bien presentado por fuera, un diablo por dentro"*, siguió como avergonzado de lo que decía, *"perdí, no solo el dinero, pero mi pierna me la destrozaron por no pagar, a duras penas salvé mi vida porque entregué el auto de mi madre para sacármelos de encima"*, terminó mirando fijamente a los ojos de George.

En ese momento Thomas no articulaba palabras con su boca, pero George logró oír lo que pensaba.

-*"Maldito Leonard..."*

La respiración de Thomas se tornó muy rápida y laboriosa. George sacó una ampolla de Dexametasona de su bolso y le hizo tomar una tableta de Furosemida.

Le subió la concentración de Oxígeno en su cánula nasal de 2 litros por minuto a 4 litros por minuto y preparó una nebulización con Albuterol e Ipratropium.

Aunque le llamó la atención lo que pudo percibir del pensamiento de Thomas, pensó mejor ser prudente y esperar otra visita para aclarar eso.

-*"¿Estará hablando del mismo Leonard?"... "¿Leonard Avinston?"... "¿Será que lo conoció en alguna época?"*, siguió pensando George.

Una maraña de pensamientos recorría su mente incesante mientras hacia un electrocardiograma con su aparato portátil que se conectaba directamente a su teléfono celular.

-"¿Por qué lo llama maldito?", pensó George, "¿tendrá algo que ver con lo que le sucedió en el pasado?".

George debió enfocarse en ese momento en la lectura del electrocardiograma.

-"La lectura automática de su electrocardiograma no mostró cambios que sugirieran infarto o isquemia Thomas", le dijo George, "parece que es solo una exacerbación de su enfermedad pulmonar obstructiva crónica, debe dejar de fumar, continue las nebulizaciones cada ocho horas y me llama o llama al 911 si siente que está empeorando".

Thomas asintió con su cabeza sin musitar palabra alguna, ya estaba acostumbrado a esos síntomas. Para el momento en que George se despidió, Thomas ya tenía una respiración y una saturación de oxígeno mejorando y casi en el nivel de base.

Mientras conducía su auto para visitar otro de sus pacientes, George pensaba lo extraño que se sentía lograr escuchar las mentes de otras personas, que, aunque no se extendía a cualquier pensamiento y no lograba percibir frases completas, si le servían para conocer más de sus pacientes, sus penas y alegrías.

Sin duda, el haber oído del cerebro de Thomas el nombre de Leonard, de una forma tan despectiva, lo llenó de una mórbida curiosidad.

-"Debo hacerle seguimiento a ese pensamiento, a mí el señor Leonard no me da confianza", pensó mientras buscaba la nueva dirección de destino.

Prendió la radio en la emisora pública de la policía donde el disfrutaba de los anuncios de delitos cometidos en esa pequeña ciudad, además de hacerle seguimiento a los casos no resueltos de desapariciones y asesinatos. Sentía mucha curiosidad por el tema.

A TRAPADO EN SU MENTE

Esa noche, siguiendo su propia rutina, George habló con Jessica para saber cómo había transcurrido su día, ella tenía planes de ir a Bardstown por el fin de semana como casi siempre hacía, pero no podría hacerlo ese viernes por eventos de trabajo que debía atender ese sábado en la mañana, pero llegaría para el almuerzo.

George le ofreció esperarla para el almuerzo en el café Mozart sobre la North 3dr Street para ordenarlo y llevar a casa de sus padres. A Jessica le pareció una gran idea, así su madre no tendría que cocinar.

Después de despedirse de Jessica, arregló un poco el apartamento y se sentó en la cama a buscar en su computador temas relacionados con asesinatos que habían sido cometidos en esa pequeña ciudad y que no habían sido resueltos aún.

Pasaron varias horas sin que él lo notara, se sentía cansado por las actividades del día y decidió tomar una pausa mientras tomaba un poco de té de camomila que no le faltaba en un pequeño termo con interior de vidrio, que preservaba muy bien el calor de la bebida.

Prendió el televisor de última generación en el canal de noticias locales.

Después de varios minutos, sin saber porque, apareció en la pantalla el señor Leonard, su paciente, impecablemente vestido, imponente y con mirada que sentía inquisitiva.

-*"Doctor Kaffman"*, dijo con tono agresivo.

-*"Sé lo que piensa, y es verdad, yo estuve involucrado en varios crímenes de los que no me arrepiento"*, siguió dejando una pausa larga.

George no daba crédito a lo que veía, estaba horrorizado, su corazón palpitaba hasta salir de su pecho, el sudor le empezó a correr por su piel, no lograba contener un ligero tremor en sus manos y piernas, sentía que ese hombre se apoderaba de su espacio, de su mente, entraba en su propio hogar, a través de una pantalla, se sentía indefenso.

Notó que Leonard no articulaba sus palabras con su boca, el solamente lo oía. Entonces supo que la comunicación era de su mente, la estaba percibiendo al igual que con muchos pacientes. Sin embargo….

-*"¿Por qué la presencia en la pantalla, por qué en su casa, cómo llegó ahí?"*, pensó George.

-*"Sé que le parece extraño Doctor, porque se lo que piensa, lo sé porque usted dejó abierto su pensamiento para mí en su última visita… fue una torpeza, una torpeza que le costará mucho"*, oyó George de Leonard.

-*"¿Qué quiere de mí señor Leonard?"*, preguntó George con voz algo titubeante y temblorosa.

-*"Tenemos un encuentro la próxima semana, no deje de asistir Doctor, le conviene estar de mi lado"*, dijo Leonard conservando un tono agresivo y demandante.

-*"¿Qué hace en mi apartamento, cómo sabe dónde encontrarme?"*, preguntó George con evidente temor.

-*"Yo no estoy acá Doctor, estoy en su mente, desde el día en que lo vi por primera vez"*, dijo Leonard mirándolo fijamente, apuntó su dedo índice hacia él y continuó...

-*"Sé de todos sus movimientos Doctor.... Usted está prisionero en mi cerebro"*, terminó mientras una sonrisa burlona se dejaba ver en su rostro.

George sintió la necesidad de levantarse, se enredó en sus sabanas y cayó al piso golpeando su frente contra la mesa de noche de un material de aluminio con bordes algo filosos. Sintió que un líquido caliente cubría su cara y no tardó en darse cuenta de que era sangre que brotaba de una herida algo profunda en el lado derecho de su frente. Se levantó mareado, como somnoliento, un poco desorientado y confuso, fue al baño donde tomó una toalla pequeña que mantenía al lado del lavamanos, la enrolló y se la puso en la frente para parar el sangrado.

Cuando la sangre dejó de brotar, se miró en el espejo y notó una herida algo profunda de 3 centímetros en la piel de la parte derecha de su frente. Lavó la herida con jabón quirúrgico y, a pesar del dolor que sentía, sin usar anestesia, utilizó sus instrumentos básicos de cirugía y un espejo que magnificaba la imagen, para cerrar su herida con cuatro puntos de sutura usando hilo quirúrgico que siempre guardaba para cuando algún paciente lo necesitara. Aunque nunca pensó que fuera él mismo.

Una vez terminó, cubrió la herida con una gaza y se sentó casi sin fuerza en la cama, se sentía confundido, un poco temeroso.

Con una mano sosteniendo la toalla en su frente, se recostó en la cama nuevamente tratando de entender lo que sucedía, se sentía exhausto, cansado, cerró los ojos por un momento.

George sintió una fuerza súbita que lo dominaba, buscó debajo de la cama un bate de beisbol que siempre lo acompañaba en ese lugar y golpeó con fuerza varias veces el televisor hasta destruirlo junto con la pared del que se sostenía. Buscaba la imagen de su paciente en los trozos de pantalla que yacían en el suelo inertes, pero ya no estaba.

Salió de su casa a esa hora como si buscara algo, con el bate en la mano como quien se prepara para una guerra.

> - *"Sé dónde encontrarte Leonard, sé lo que has hecho,*
> *te juro que no te vas a salir con la tuya"*, decía en
> voz baja y lo repetía una y otra vez.

Llegó a esa hora a la entrada de un túnel, no tenía linterna, pero probablemente no la necesitaría, el lugar parecía familiar para él, *¿en sus sueños?*. Realmente no precisaba porque le era tan familiar ese lugar. Sin haber entrado, oía una voz lejana pero que provenía de ese túnel... era la voz de Leonard que decía...

> -*"Sé sus secretos doctor, no hay nada que pueda*

esconder de mí en este lugar, jajajaja".

George entró mirando con precaución como esperando en cualquier momento algo, pero no sabía que. Después de varios pasos volvió a sentir la presencia de ese bebé que, ya había visto antes en sus sueños, que flotaba lentamente y arrastraba sus largas sabanas, sin llorar, sin ruido, silencioso, pero mirándolo como si lo acusara, como si necesitara que lo viera.

Pasó gravitando justo al lado de él, y aunque no lo tocó, si sintió una brisa fría a su paso. Dio la vuelta para seguir su movimiento hasta que se perdió en la oscuridad. Mientras trataba de entender lo que veía, súbitamente se acercaba a él ese hombre, al que no precisaba identificar, con una herida de bala en su frente, todavía sangrando, flotaba en el aire mientras se acercaba, parecía muerto, pero George sentía que respiraba superficialmente.

Justo cuando pasaba a su lado, giró su cabeza hacia George y clavó su mirada fijamente, como asegurándose de que supiera que estaba ahí, que lo estaba esperando. Una oleada de temor y frio intenso se apoderó de George cuando con la cercanía, se dio cuenta que ese cadáver que flotaba como sin descanso en su alma era su propio padre. Pasó por su lado y su cabeza giraba como si no estuviera articulada con su cuerpo, con su mirada fija en él.

- *"¿Por qué?"*, dijo ese cadáver, sin mover los labios,
como si no articulara las palabras, pero se oían.

Casi simultáneamente, sintió el crujir del suelo pantanoso y frio justo donde pisaba con sus botas de caminata montañeras llenas de barro. Miró al suelo y, justo enfrente estaba esa mano que salía de una tumba rustica e improvisada que le mostraba un anillo, un anillo que el conocía bien, lo había visto antes.

George se afianzaba al bate de beisbol como alistándose a defenderse si fuera necesario.

-*"Por ahora lo dejo ir doctor"*, decía una voz que reconoció como de Leonard, pero que no sabía de donde provenía.

George abría amplio los ojos como tratando de ver mejor a través de la poca luz que se filtraba, como tratando de anticiparse a lo desconocido, a lo impredecible. Todo estaba en silencio, un silencio sordo y oscuro como el mismo túnel. Buscó corriendo la salida.

Horas después, las cortinas de la ventana dejaban pasar un tenue rayo de luz que despertó a George. Sin moverse trataba de entender lo que había sucedido la noche anterior.

- *"¿Un mal sueño?"*, pensó mientras llevaba su mano a la frente.

Al tocarla, sintió dolor. Tal vez sintió más dolor de confirmar que no había sido un sueño. Presuroso desvió la mirada hacia el televisor... Estaba intacto, colgado de la pared como si nada hubiera pasado. Respiró profundo como sintiendo alivio.

Una invasión de temor se apoderó de George, se levantó lentamente hacia el baño para revisar su herida y asegurarse de no estar sangrando. Tomó dos Acetaminofén con un poco de agua del lavamanos y se sentó en el inodoro como para poner en orden sus ideas.

- *"Sabía que podía entrar en la mente de mis pacientes, conocer sus temores, entenderlos, pero esto va más allá de mí"*, pensó.

Se sentía atrapado por una mente que parecía superior a él, más fuerte, más poderosa, y, además, un asesino.

> - *"¿Cómo salgo de esto?, ¿qué quiere de mí?, ¿por qué yo?"*, se preguntaba una y otra vez.

Después de una hora, se levantó y salió fuera del cuarto para tomar el trapero y unos trapos que usaría para recoger los restos de gaza e hilo y limpiar la sangre ya seca. Aprovechó para limpiar el piso de la entrada que dejaba mostrar pasos de barro que se dirigían al cuarto de atrás, los siguió y tomó las botas cortas que definitivamente estaban llenas de barro y aprovechó para limpiarlas al igual que el piso y lavamanos mientras pensaba como explicar lo sucedido a Jessica, aunque le preocupaba más lo que estaba sucediendo, o tal vez... lo que estaba por suceder con su vida.

LA LLEGADA DE JESSICA

Mientras esperaba en el café Mozart, George ordenó varios platos para llevar y estaba sentado en una de las mesas mientras recibía lo ordenado.

Jessica entró en el lugar y mientras se quitaba los lentes oscuros miraba entre las mesas para encontrar a George, que, por su parte, no hacía, gran esfuerzo para ser encontrado por su novia.

La herida cubierta por una gaza quirúrgica en su frente inmediatamente llamó su atención tanto que no pudo más que sentarse enfrente con el ceño fruncido, con la actitud conocida ya por George que lo obligaba a explicar.

- *"Nada elegante esa gasa en tu frente amor",*
bromeó Jessica acercándose.

- *"¿Qué te pasó mi vida?", preguntó, "¿Por qué no me dijiste nada?"*
... "Dime que no te peleaste con alguien", decía mientras lo miraba como tratando de encontrar los detalles en la cara de George.

George se sentía un poco avergonzado y no se debatía en su mente entre, por un lado, abrirse completamente a Jessica con el riesgo de ser juzgado por lo que sucedía en su mente o, por el otro, hablar de un simple accidente.

- *"Tuve una pesadilla y me caí tratando de ir al baño mi amor"*, dijo George, aunque no muy convincente.

Jessica le dio un beso y recogieron el pedido para llevarlo a casa de sus padres y pasar un tiempo con ellos.

El resto del día cocinaron juntos para los padres de Jessica que, como casi todos los fines de semana disfrutaban del arreglo del patio.

Al entrar al apartamento, Jessica quiso revisar la herida y limpiarla para asegurarse de que no se infecte, pero también sentía que ella debió estar ahí para asistirle en ese momento, ella lo amaba, lo admiraba, siempre estaba dispuesta a llevar la relación a un nivel más formal, aunque sentía que él no estaba preparado, o, por lo menos no lo había pedido. Él se sentó pacientemente en el inodoro para dejar que ella limpiara esa herida suturada por él mismo.

- *"Amor, ¿por qué te dan esas pesadillas?"*, preguntó Jessica, *"¿será que estás comiendo muy pesado en la noche?"*.

- *"Tal vez Jessy, tal vez"*, respondió George como tratando de evadir el tema.

- *"¿Cómo está tú madre?"* preguntó ella mientras cambiaba la gasa en su frente por una limpia.

- *"Creo que está mejor, pero sigue muy perdida y con alucinaciones que no le permiten vivir fuera de ese lugar"*, respondió George.

- *"¿Crees que algún día se recupere, que pueda volver a salir y ser una persona normal?"*, preguntó Jessica con curiosidad, *"sabes que cuentas conmigo si quieres que te acompañe a visitarla en Carolina del Norte George".*

- *"¡Ella nunca va a salir de ese lugar, de ahí a una tumba!",* respondió George algo irritado.

Jessica terminó de limpiar la herida en la frente de George y recogió los restos para limpiar el baño. Se levantó con la bolsa de desechos y fue a la cocina para tirarlo en la caneca de basura. Como era usual, notó en el suelo del pequeño cuarto de guardar cosas, con la puerta entreabierta, los zapatos color café estilo media bota. Los notó limpios esta vez.

Preparó una bolsa de "Pop Corn" y se sentó con George a ver una serie de Netflix que ella ya había iniciado la semana previa.

Después de 30 minutos, mientras veían esa comedia, él se paró al baño, no porque lo necesitara, pero más por una sensación de que tenía que estar solo un minuto, se sentía asfixiar y un poco sudoroso. Entró al baño y cerró la puerta, el mismo no entendía la razón de esa necesidad, pero al entrar lo supo...

- *"Doctor",* oyó la voz que él reconocía como de Leonard.

Buscó detrás de la cortina de la bañera, se asomó por la pequeña ventana que daba a la parte trasera del edificio, pero en el quinto piso... nadie estaba ahí. George se llenó de temor, sentía que no podía escapar de ese personaje que detrás de una apariencia de amabilidad propia de su tercera edad, escondía una vida criminal sombría, y peor, tenía la capacidad mental que era desconocida, aún más poderosa. Se sentía atrapado, mentalmente atrapado.

- *"¿Por qué abrí mi mente a ese señor?, tengo que encontrar la forma de escapar"*, pensó George mientras se sentaba en el inodoro como buscando un lugar para aclarar su situación.

Sabía que Jessica en corto tiempo lo buscaría. No quería despertar sospechas. Temía por Jessica, no quería que Leonard se apoderara de ella de alguna forma, evitar el infierno que Leonard ya producía en él.

- *"Sé lo que está pensando, no falte a nuestra cita Doctor... le conviene"*, dijo la voz de Leonard.

Toc-toc-toc, sonó la puerta del baño.

- *"George, estás bien?"*, decía Jessica desde el otro lado.

Él se levantó y bajó el agua del inodoro como pretendiendo que lo había usado, inmediatamente después abrió la llave del lavamanos y dejó correr un poco de agua.

- *"Todo bien Jessy, ya salgo"*, dijo George, esforzándose para que su voz sonara casual.

- *"Sentí un poco de frio George, como una brisa fría que pasó por mi lado, sube un poco la temperatura del aire acondicionado"*, dijo Jessica.

Terminaron de ver la serie y fueron a la cama. George trataba de esconder sus temores, más que eso trataba de proteger a Jessica de esos temores.

Esa noche Jessica sintió la intranquilidad de George incluso durante el sueño. Ella lo amaba, presentía sus alegrías y tristezas, sus angustias.

Todavía en la cama esa mañana Jessica recordaba momentos con George, revisó en su teléfono miles de fotos de momentos inolvidables, su viaje a los cayos de la Florida juntos fue definitivamente uno de sus preferidos, estuvieron felices, posaron en la milla cero, visitaron la casa de Ernest Hemingway, escritor de "*El viejo y el mar*", y "*Muerte en el atardecer*", que ella devoró años antes. Fueron muchos los momentos de alegría juntos.

Pensaba que, a pesar de, aparentemente, haber sido un residente destacado y haber recibido múltiples invitaciones para continuar estudios de subespecialización, e inclusive para convertirse en profesor de su especialidad, él tuvo una inclinación casi obsesiva de practicar un tipo de medicina más familiar, más directa con cada paciente y su entorno.

Pero definitivamente le pareció cuando menos extraño que tuviera una atracción tan fuerte por Bardstown, que, a pesar de estar cerca de Louisville, era una ciudad pequeña y probablemente con pocas probabilidades de crecimiento profesional e intelectual como el que él parecía haber proyectado durante su trayectoria estudiantil.

El fin de semana transcurrió con mucho descanso, películas, sudoku y juegos de cartas. Aunque a George de vez en cuando le invadía una sensación de temor por tener que visitar la casa de los Avinston esa semana.

EMPIEZA LA SEMANA

Temprano ese lunes, Jessica salió hacia Louisville a empezar su semana de trabajo después de un desayuno ligero con George como era usual.

George se quedó sentado en la mesa del comedor de su apartamento mientras planeaba sus visitas del día. Realmente le preocupaba la visita a los Avinston que estaba marcada en el calendario para el martes, casi a las seis de la tarde.

Su mente divagaba con algo de angustia, porque, si bien, él sentía la influencia que de alguna forma Leonard ejercía en su mente, y que muy probablemente no era un buen tipo, su esposa no parecía tener la menor idea de lo que le podía suceder, lo que Leonard estaba planeando en silencio y que, por ese don que tenía, él como su médico, conocía de primera línea…

-"De su propio pensamiento".

George, al verla por primera vez percibió a Gabrielle con cierta familiaridad que le produjo algo de impresión porque físicamente tenía un gran parecido físico con su madre, delgada, con piel blanca, de mediana estatura, ojos pequeños, cejas pobladas y sonrisa con dientes delanteros algo separados. Definitivamente le preocupaba la suerte que podía correr ella al lado de su esposo, porque lo conocía, lo conocía desde adentro.

Salió presuroso a empezar su recorrido. Mientras esperaba que su automóvil calentara el motor ya encendido, ajusto su GPS para introducir la dirección de la señora Villard, su próxima paciente.

Casualmente la residencia de Miriam Villard se situaba cerca de la John Fitch avenue, bastante cercana a la residencia del señor Holder.

Al bajarse de su automóvil, lo recibió con ladridos de tono agudo, un pequeño perro pequinés albino, que no producía ningún temor, aunque el diminuto animal así parecía pensarlo.

Durante todo su caminar desde el espacio de parqueo frente al garaje, hasta la puerta de la casa, el pequeño perro lo acompaño en medio de sus alaridos un poco perturbadores.

George siempre venía preparado para este tipo de situaciones, aunque en pocas ocasiones le había tocado usar sus recursos en estos casos.

Justo parado enfrente de la puerta de entrada sacó de su maletín una galleta especializada para entrenar perros y se agachó un poco ofreciéndola al pequeño animal, que inmediatamente silenció su agudo ladrido y se sometió a la mano de George, que dio un par de palmadas en el dorso del perro mientras el animal bajaba su cabeza en señal de sometimiento.

George tocó la puerta usando un aro de metal que colgaba y que produce un sonido contundente al chocar con un retazo de hierro apostado en la madera.

Al abrir la puerta, sintió el olor inconfundible de marihuana que salía a recibirlo antes que su paciente, casi se podía ver el humo tratando de escapar.

Desde ese punto, parado, George casi podía ver el jardín de la casa del señor Holder.

-*"Doña Miriam, de casualidad conozco uno de sus vecinos, es mi paciente también"*, dijo George como entablando un lazo de conversación con ella.

-*"Hola doctor Kaffman, bienvenido a mi casa, disculpe el perro, es del vecino, pero se ha vuelto el vigilante de la cuadra entera"*, respondió Miriam, *"entre por favor"*.

George disimuladamente terminó de abrir completamente la puerta como para dejar que ese humo de marihuana siguiera su camino desde el interior, él era especialmente sensible a ese olor y de hecho tenía una aversión especial a cualquier substancia que cambiara percepción mental o nublara su razonamiento, tal vez porque su madre se había vuelto adicta no solo al alcohol, pero también a otras drogas y conocía sus efectos.

Entró y se sentó en la mesa del pequeño comedor de esa casa con Miriam en la silla de enfrente. Ella parecía complaciente y cómoda, aunque mucho de ello parecía ser relacionado con el efecto de la marihuana y que además dejaba notar la hiperemia de la conjuntiva en sus ojos.

George decidió empezar por ese tema para entender un poco el papel que jugaba la marihuana en su salud.

-"*Doña Miriam, ¿quisiera saber qué significa la marihuana para usted?*", preguntó George.

-"*Es... mi vida hoy en día doctor, me ha mejorado... mis convulsiones... pero también me hace olvidar*", respondió Miriam con voz lenta y pausada.

Mientras miraba en su computador los datos y antecedentes de Miriam, George levantaba su vista para observarla mientras hablaba con mucha pausa y lentitud. Sabía que sufría de una epilepsia de muy difícil control, aparentemente iniciada años atrás después de un viaje por la selva amazónica.

Al llegar de vuelta a los Estados Unidos, desarrolló algunos síntomas gastrointestinales y poco tiempo después tuvo que ser llevada al Norton Hospital de Louisville después de sufrir una convulsión generalizada mientras visitaba a Amanda, su hermana, en esa ciudad.

Una resonancia magnética nuclear encontró dos lesiones calcificadas en el cerebro que confirmó el diagnóstico de Neurocisticercosis. Después del tratamiento, quedaron dolores de cabeza y convulsiones como secuelas.

Durante varios años las convulsiones respondieron de forma parcial con medicamentos como Acido Valproico, fenitoína y Levetiracetam, sin embargo, nunca lograron que dejara de tener convulsiones, lo que le evitó volver a conducir su vehículo y finalmente la confinó a su propio hogar.

La idea de consumir marihuana, la tomó de las redes sociales, a las que ella era casi adicta, Facebook, Instagram, X, Youtube y Tik-Tok se volvieron sus compañeros inseparables y la verdad absoluta para ella.

De cualquier forma, el consumir marihuana redujo significativamente los episodios de convulsiones y no estaba dispuesta a dejarla, porque ya para ese momento sentía necesidad de consumirla y no solo por las convulsiones....

-*"Además de las convulsiones, usted viene siendo tratada para hipertensión, ¿está tomando su Amlodipina?"*, preguntó George.

-*"A veces se me olvida doctor... para ser sincera con usted"*, dijo ella siempre con la lentitud que se hacía evidente en cada movimiento.

-*"Escuche doctor, yo soy abogada de profesión, aunque... nunca practiqué realmente, pero fui una gran ama de casa, y me siento orgullosa de eso"*, seguía diciendo.

Su mirada, en ocasiones se perdía en el pequeño espacio de su vivienda.

-*"El buen Mario, mi esposo, está en el hospital ahora y probablemente estará hay un tiempo porque no se cuida doctor, no se cuida su diabetes"*, seguía hablando como divagando en varias ideas.

George oía con atención mientras miraba con detalle esa casa que se veía ordenada y con toques de buen gusto que ya se veían pasadas de moda para sus ojos.

La examinó en detalle mientras ella, casi dormida se encontraba en silencio.

-*"Voy a ordenarle sus exámenes de laboratorio incluyendo los niveles en sangre de los medicamentos que usa para las convulsiones doña Miriam, ¿usted consume alguna otra droga además de la marihuana?"*, preguntó George.

-*"Creo que la marihuana es lo único que necesito doctor"*, dijo ella casi adormitada por momentos.

-*"Es difícil determinar que dosis de marihuana será adecuada para usted, pero claramente tiene algo de adicción a la substancia, ¿no lo cree?"*, le dijo George con voz un poco más alta como para llamar su atención.

Ella hizo un gesto con su mano como restando importancia a lo que decía George, aunque parecería que no entendía el sentido de la conversación.

-*"Reduzca la cantidad de marihuana al menos a la mitad de lo que consume hoy, una caída y una posible fractura, o que olvide apagar la estufa al cocinar podría ser fatal doña Miriam"*, continuó diciendo George.

En ese momento los ojos de Miriam conectaron con los de George por primera vez de frente, como si fuera el único momento en que en realidad se reconocían.

-*"Sería una buena idea lo de la estufa doctor, así muero en paz, ya es hora"*, oyó George de la voz de Miriam, pero sin que ella siquiera estuviera articulando físicamente esas palabras.

Esta vez George no sintió temor, ya entendía ese don que tenía de sentir, de oír sin el sonido, de percibir el pensamiento.

Tomó el teléfono y llamó al 911.

-"Tengo una paciente para ley de hospitalización
involuntaria en la localización de mi teléfono, por favor
envíen una unidad de rescate a mi ubicación".

George, en su mente, intentaba evitar una tragedia, decidió utilizar ese recurso que tienen los médicos al detectar que un paciente podría estar en riesgo de suicidio. Sabía lo que Miriam estaba pensando y ahora tenía una idea de cómo hacerlo.

Él sabía que a pesar de que en este momento la mente de Miriam estaba confusa por el efecto de la marihuana, en otro momento de más claridad podría llevar a cabo lo que ya rondaba por su mente y necesitaba evaluación psiquiátrica.

Esa ley, que en el estado de la Florida llevaba el nombre de *"Baker act"* una vez activado por el médico, todo un protocolo se aplica y una ambulancia, seguida de una unidad de policía llega al lugar, el paciente se lleva, así sea en contra de su voluntad a un hospital donde debe ser evaluado antes de las siguientes 24 horas por un psiquiatra para determinar el riesgo de cometer un acto que atente contra su vida o contra la de otros.

Si es confirmado por el psiquiatra, el paciente sería internado en una unidad psiquiátrica hasta que se considere seguro que vuelva a su ambiente previo, de hecho, la *"ley de hospitalización involuntaria"*, sería la única forma de llevar a un paciente en contra de su voluntad a un hospital. Eso George lo conocía bien, lo había vivido en carne propia con su madre.

Miriam no sabía lo que ocurriría hasta que, ya dentro de su

casa, un paramédico y un oficial de policía le pidieron que los acompañara.

-*"¿Por qué?, ¿a dónde?, ¿de qué hablan?, ¿quiénes son ustedes?, ¿quién los llamó?"*, no dejaba de preguntar Miriam que para ese momento se veía más alerta que segundos antes.

George se identificó como médico y su posición como médico de cabecera de la paciente.

-*"La paciente me confesó la intensión de acabar con su vida y un posible plan dejando la estufa prendida"*, dijo al oficial McGregor que esperaba atento el reporte del galeno.

- *"¿Lo expresó con palabras?"*, preguntó el oficial mientras tomaba notas en su computador portátil.

George se detuvo un instante a pensar en esa pregunta que le hacía el Oficial McGregor, y mientras lo hacía, Miriam gritaba un poco agitada y con palabras todavía enlentecidas por el efecto de la marihuana.

- *"Yo no he dicho nada oficial, no sé de qué habla el doctor, ni siquiera lo he pensado, mi esposo está en el hospital y yo debo esperarlo acá"*.

- *"Lo dijo durante la conversación médica de la visita"*, dijo George.

Él sabía que no podía basarse en la percepción de lo que la mente de Miriam le dejaba recibir, sería algo intangible, no sería una base para protegerla bajo la *"ley de hospitalización involuntaria"*, y él quería protegerla...

"Protegerla de ella misma".

Ante la negación de Miriam, fue forzada a montarse en la ambulancia y llevada a la emergencia del Flaget Memorial Hospital sobre la calle New Shepherdsville.

George sintió que había hecho lo correcto por esa paciente.

En su interior reposaba algo de incomodidad de usar ese don para tomar decisiones, pero si eso le permitía salvar vidas, así lo seguiría haciendo.

El día transcurrió visitando varios pacientes sin mayor percance.

Ya al atardecer, mientras conducía de vuelta a su apartamento, recibió una llamada telefónica, la pantalla identificaba *"CHI Saint Joseph"*, como el origen de la llamada.

-*"Doctor Kaffman, le hablamos de la unidad de cuidado intensivo del hospital Saint Joseph, tenemos una de sus pacientes que ingresó en la noche de ayer".*

-*"¿Nombre de la paciente?",* preguntó George sin dejar pausa.

-*"71 años de edad la señora Gabrielle Avinston, aparentemente fue encontrada inconsciente y con respiración muy ligera, al llegar a la emergencia hizo un paro respiratorio, poca respuesta neurológica, aunque no había aparente focalización, los reflejos casi nulos y una miosis con respuesta pupilar lenta..."* hizo una pequeña pausa.

Después de mirar por unos segundos los reportes de los resultados de exámenes de laboratorio recientes, levantó nuevamente la vista y continuó hablando.

"La intubamos y está bajo soporte de ventilación mecánica, ahora hemodinámicamente estable", terminó diciendo la interlocutora casi sin parar.

-*"Gracias por informarme",* dijo George.

George terminó la conversación no sin antes preguntar por la habitación donde se encontraba la señora Avinston.

G ABRIELLE AVINSTON HOSPITALIZADA

Mientras se dirigía al hospital, su mente trataba de encontrar razones para que la señora Gabrielle Avinston se encontrara, de repente en una condición tan crítica... no hacia sentido.

Al entrar al hospital, inmediatamente se dirigió a la unidad de cuidado intensivo. Él tenía un mal presentimiento que se agudizó cuando, a través de la puerta a medio abrir de la sala de espera para familiares de pacientes justo antes de entrar a la Unidad, logró divisar a Leonard. Se detuvo un poco para observar su actitud... llamó su atención que estaba demasiado tranquilo para una persona que estaba a punto de perder su esposa.

Varios segundos pasaron en los que Leonard parecía sonreír mientras miraba el teléfono, como si fuera una situación causal, o... ¿ya esperada?

George siguió su camino, pero justo después de sentir la puerta automática de la unidad de cuidado intensivo cerrarse a su espalda oyó...

-"¿Cree que no sé qué está aquí doctor?".

George reconoció esa voz de manera inmediata, de hecho, parecía como si la estuviera esperando. Miró hacia atrás solo para constatar que no estaba ahí. La puerta estaba completamente cerrada y no había nadie. Siguió caminando sin parar hasta la estación de enfermería situada de forma que cada paciente podía ser vigilado desde ahí.

En la cama 8 estaba ella, la reconoció de inmediato, a pesar de estar acostada en una cama con un tubo que entraba por su boca y miles de cables conectados al monitor de su función cardiaca, respiratoria, de temperatura y de su oximetría de pulso. Se veía estable, plácida.

-*"Se parece tanto a mi madre"*, pensó George.

Durante más de cuarenta minutos, revisó con atención la información consignada en el sistema de computadores del hospital, más que para contribuir al tratamiento, para encontrar respuestas acerca de lo que llevó esa mujer a parar su respiración. No lo entendía.

-*"¿Doctor Kaffman?"*, decía una voz justo detrás de él.

El intensivista de la unidad se encontraba con su mano estrechada como en señal de bienvenida y saludo. George se levantó y estrechó su mano amablemente.

-*"Soy el doctor Zulian, jefe de esta unidad"*, continuó diciendo, *"recibimos su paciente anoche como ya le informaron, parecería que tuvo un TIA (se refería a un Ataque Isquémico Transitorio), llegó prácticamente en paro respiratorio, pupilas mióticas, bastante hipoxémica y letárgica, todavía no hay buena respuesta neurológica y estamos monitorizando muy de cerca"*, siguió completando su informe.

-*"Gracias doctor Zulian, ¿alguna evidencia de isquemia focal en las imágenes del cerebro o clínica?"*, preguntó George, todavía sin entender la causa de su paro respiratorio.

-"No realmente doctor, ya tuve una conversación con el esposo, imagino que ya venía teniendo síntomas que nunca anunció, ¿usted tiene alguna idea de condiciones previas de la señora Gabrielle que pudieran haberle causado un infarto cerebral?", preguntó Dr. Zulian.

En el preciso instante en que el doctor Zulian terminaba su pregunta, George oyó...

-"Cuidado con lo que dice doctor, lo estoy vigilando de cerca".

George miró a su alrededor y notó que justo a la entrada del cuarto con puertas de vidrio que aislaban cada paciente se encontraba Leonard, impecablemente vestido con traje entero azul oscuro, corbata de color lila que combinaba perfectamente con su traje, zapatos completamente brillantes y el cabello bien peinado con un toque de algo que lo hacía brillar un poco. Desde la puerta no dejaba de mirarlo, fijamente, casi inquisitivo.

George sintió que un frio invadía sus huesos, no pudo seguir la conversación con el doctor Zulian, y solo acertó a agradecer su gesto de presentarse y ofrecerle la información.

Quedó unos segundos que parecieron horas sin poder moverse, no sabía que hacer, pero definitivamente no podía correr. Decidió enfrentarlo.

Mientras caminaba hacia Leonard, George pensaba en la estrategia que usaría para no entrar en confrontación directa, porque, aunque sabía de su sentir interior y de su intención con Gabrielle, nunca había habido una conversación formal con el sobre el tema. Leonard tenía una capacidad superior a la de él, para dominar su mente, por momentos se sentía atrapado, tanto que por momentos llegaba a creer que la intención de asesinar a Gabrielle era suya propia.

Decidió jugar inteligente con Leonard. Debía usar la estrategia que en algún momento utilizaría durante los juegos de Póker. Era necesario hacer que su mente no revelara lo que sentía por Leonard, que, aunque pudiera entrar en su pensamiento, no encontrara más que buenos sentimientos por él... ¡que no sospechara! Y así lo hizo.

-*"Señor Leonard, que bueno que está aquí, vine porque estoy preocupado por su esposa, imagino como debe sentirse usted"*, le dijo con una sonrisa que sentía poco auténtica, pero que produjo otra en Leonard.

-*"Muy preocupado doctor"*, hizo una pausa mientras buscaba algo en los bolsillos de su saco, *"a propósito doctor, esto se le quedó en la mesa después de su última visita"*, le dijo.

Le mostró una pequeña libreta con hojas de color azuloso que era muy difícil de confundir con una libreta común, era una libreta de prescripciones con hojas de seguridad que, a pesar de usarse cada vez menos desde la llegada de los computadores, todavía eran de utilidad, especialmente para las visitas en las casas de pacientes.

La tomó con su mano y sintió terror...

-*"¿Como cometí ese error, como olvidé eso*

precisamente en casa de Leonard"?, pensó.

-*"Quizá no la dejé"*, pensó, *"quizá él la tomó de mi maletín"*, seguía divagando en su mente mientras lo miraba con *"cara de póker..."*, con una sonrisa sardónica.

Leonard lo miraba fijamente casi sin parar, lo que no sería extraño para alguien que ve a su familiar en peligro de muerte y quiere entender lo que puede pasar.

- *"No importa cómo llegó eso a mí doctor, cada vez tengo más de usted, no trate de ser inteligente conmigo"*, sintió George la voz de Leonard que ni siquiera parecía mover sus labios, no articulaba palabras, solo lo miraba.

George sintió que su respiración se hacía rápida, palpitaciones gobernaban su pecho y una nausea intensa lo invadió. Cubrió su boca con el puño cerrado y con un gesto de levantar la mano como quien pide un minuto de descanso salió caminando presuroso hacia el baño. Cerró la puerta con seguro y se apoyó en el lavamanos dejando correr el agua.

-*"¡Fue Leonard!"*, pensó mientras humedecía su cara, *"algo le hizo, ella es una mujer sana, no hay evidencia de un infarto cerebral o problemas en el corazón... ¿por qué dejó de respirar?"*.

Miles de pensamientos corrían incesantes por su mente, pero a su vez intentaba ahogarlos con el temor de ser descubierto por Leonard.

-*"Debo denunciarlo"* pensó George.

En medio del silencio dentro de ese baño, con solo los tenues cadenciales *"beeps"* de los monitores que se oían desde afuera, George sentía que su cabeza iba a explotar,

-*"¿Por qué a mí?, cual es el propósito de este don si me está destruyendo?".*

-*"Toc-toc-toc"*, sintió George que tocaban la puerta.

-*"¿Está bien doctor Kaffman, necesita ayuda?"*, preguntó una voz de mujer del otro lado.

En ese momento se dio cuenta que estaba perdiendo la partida con el señor Leonard, que se había dejado acorralar. Debía ser más inteligente, anticiparse.

- *"¡Esta es una guerra, y no la pienso perder, por el bien de Gabrielle y por el bien de quien pueda ser víctima de este monstruo!"*, se miró al espejo y se peinó un poco.

Al abrir la puerta le estaba esperando Dania, la enfermera jefe de la unidad.

- *"¿Todo bien doctor?, el señor Avinston me dijo que podía usted tener un problema"*, le dijo Dania con una dulzura que casi le sentía ser acusado de estar enfermo.

- *"Todo bien, gracias… creo que algo me cayó pesado en el estómago, pero ya estoy mejor"*, dijo George como restando importancia al evento.

George entró al cuarto 8, tratando de no mirar fijamente a Leonard, quien, a pesar de saber exactamente la situación, daba la apariencia para nada descompuesta, del inocente marido que se preocupa por su esposa moribunda.

Mantuvo su mente en blanco, como evitando que Leonard se enterara de su sospecha... de la sospecha de su crimen.

- *"Señor Leonard, no entiendo lo que sucedió a su esposa",* le dijo, *"no tengo certeza de que haya tenido una isquemia cerebral y evidentemente no ha tenido convulsiones que expliquen lo que pasó",* siguió diciendo mientras lo miraba en tono conciliador y empático.

- *"¿Cómo puede estar tan seguro doctor Kaffman?",* preguntó escuetamente Leonard.

- *"Revisé todos las pruebas realizadas desde su ingreso, los laboratorios muestras todos sus valores de sangre, química y paneles cardiacos completamente normales, lo mismo que el electroencefalograma y electrocardiograma, el ecocardiograma muestra una función del corazón normal, la escanografía de sus pulmones no muestra evidencia de coágulos en sus pulmones, las resonancias con y sin contraste no muestran isquemia pero tampoco procesos degenerativos y mucho menos enfermedad vascular",* informó George haciendo uso de una paciencia que aparentemente lograba engañar a Leonard, al menos por el momento.

Leonard por su parte solo se limitaba a oír el largo reporte con su mano en la barbilla, como en actitud inteligente.

George sintió que debía salir de ese lugar para evitar hacer notar su próximo paso, y así lo hizo después de despedirse amablemente, pero guardando cierta distancia y evitando un contacto visual directo.

Una vez sentado en su auto, no podía evitar pensar en lo sucedido.

- *"Debo alertar a la policía, debo evitar que este monstruo siga haciendo daño".*

Se quedó casi una hora sentado sin moverse en ese auto.

- *"Mañana lo denuncio, es mi deber",* decía en voz baja mientras encendía su auto e iniciaba la marcha.

- *"Cuidado con lo que hace doctor, puede que usted al final se convierta en el monstruo que ve en mí",* oyó George con la voz que, indudablemente era la de Leonard.

Instintivamente tapó sus oídos y frenó tan rápido que recibió muchas bocinas agresivas de los autos detrás de él. Respiró profundo y siguió su marcha, quería llegar a su apartamento, había sido un día muy cargado de emociones. Sentía que quería desaparecer, no existir en ese momento.

Una vez llegó a su apartamento, después de revisar su casillero de correo, se preparó un emparedado de mantequilla de maní y mermelada de fresa que consumió rápidamente con un poco de agua con gas y sabor a frutas que se encontraba desde el fin de semana en la puerta de la nevera.

Casi a las nueve de la noche no pudo más que acostarse en su cama para encontrar el espacio en que pudiera pensar que hacer para proteger a Gabrielle.

Sin saber cómo había llegado a ese lugar, súbitamente se vio en medio de un ambiente nublado que, a medida que se despejaba dejaba ver la entrada a ese túnel, que ya le era familiar. Decidió entrar, a pesar del temor que le producía ese lugar.

La tenue luz que alcanzaba a entrar rompiendo en algo la oscuridad no era suficiente para sentir un caminar seguro en medio de ese suelo algo fangoso que hacía resbalar sus pasos. Nuevamente sintió la presencia de ese bebé flotando en el aire mientras avanzaba mirándolo fijamente.

Él seguía caminando ya casi sin importar lo que veía, hasta tropezar con esa rústica improvisada tumba de la que salía una mano que ya no tenía carnes, solo delgados huesos y en uno de ellos… ese anillo de imitación de oro pero de contornos curvos que imitaban serpientes que se encontraban frente a frente. Mientras observaba esa tumba como quien reza, sintió que ese cuerpo flotante, que ya había visto antes, con una herida de bala en la frente todavía sangrando pasaba detrás de él lentamente como mirándolo.

Sin saber cómo, sintió alguien que tocaba su pierna cada vez con más insistencia hasta que abrió los ojos. Estaba en el sofá de su apartamento, todavía vestido, sin zapatos y Florence, la empleada que hacía solo una semana había contratado Jessica, lo tocaba en sus piernas como para despertarlo.

-*"Doctor Kaffman, soy Florence, la empleada, su novia me contrató para venir cada dos semanas para ayudarle con la limpieza".*

George despertó y se sentó algo confundido, sentía dolor en sus piernas y algo de dolor de espalda.

-"*¿Desde qué hora estás aquí Florence?*", preguntó
él en medio de un largo bostezo.

-"*Llegué a las siete, Jessica me había dicho que usted salía a
las siete a trabajar, encontré abierta la puerta, por eso entré,
yo todavía no tengo llaves de este apartamento*", Respondió
Florence, "*lo dejé dormir mientras empezaba la limpieza hasta
que oí su despertador en el cuarto sonar, me imaginé que ya debía
despertar, además sentí que debía estar incómodo en ese sofá*".

George se levantó de ese sofá en medio de sus dolores en cuello y
espalda, estiró un poco su cuerpo y miró el reloj.

-"*Ya tengo que arreglarme*", pensó.

-"*Tengo el café hecho*", dijo Florence en tono amistoso
mientras le pasaba una taza con café negro humeante
que invitaba a tomarlo para empezar el día.

George tomó un baño con agua tibia y se arregló. Ese día
usó camisa con corbata porque sentía que ese día debía ir a
denunciar a Leonard, estaba seguro de que lo de su esposa no
había sido producto de una condición médica, algo más había
sucedido y... probablemente tenía que ver con Leonard.

GEORGE DENUNCIA A LEONARD

George estacionó sobre la calle quinta, donde se encontraba el departamento de policía de Bardstown.

Nunca había hecho una denuncia antes, pero le era familiar ese tipo de lugares, que debió visitar muchas veces buscando a su padre cuando lo llevaban por estar ebrio en un bar o después de golpear a su madre siendo apenas un niño.

Después de anunciarse fue dirigido a la oficina de denuncias donde se sentó frente a la mesa de la sargento Melissa Escobar, mujer pausada y amable.

Después de saludar a George, lo invitó a explicar la denuncia y el motivo.

- *"Quiero denunciar un posible delito sargento"*,
empezó diciendo George.

- *"¿Nombre del denunciado?"*, preguntó la sargento.

- *"Leonard Avinston"*, respondió George.

- *"¿Víctima?"*, siguió preguntando la sargento Escobar.

- *"Gabrielle Avinston, esposa de Leonard"*,
respondió un poco acelerado George.

- *"Cuénteme el tipo de delito y que pruebas tiene por favor doctor".*

- *"Estoy hablando de un intento de asesinato y, además, quiero prevenir un asesinato sargento",* inició su relato George.

- *"Oí personalmente del señor Leonard que odiaba a su mujer y que quería acabar con su vida, inicialmente no lo tomé en serio, pero ahora su esposa está en una unidad de cuidado intensivo luchando por su vida",* continuó diciendo.

- *"¿Tiene idea de porque él le diría eso a usted doctor?",* preguntó el sargento.

- *"En realidad no me lo dijo sargento, yo lo oí de su pensamiento...",* hizo una pausa larga para analizar la postura de la sargento.

Él sabía lo difícil que sería creer el don que hasta el de él mismo no entendía en un principio y hasta le causaba temor.

- *"Debe creerme que tengo la particularidad de oír partes del pensamiento de algunos de mis pacientes, se lo difícil que es creer esto, pero debe hacerlo, porque para mí no fue fácil entenderlo y varias veces me ha ayudado a escudriñar los sentimientos más profundos de mis pacientes para ayudarles en sus procesos de enfermedades, alegrías y tristezas sargento".*

La sargento parecía no entender bien lo que George trataba de decir y seguía mirándolo como para que siguiera su explicación, ágilmente buscó en su computador, el perfil del doctor Kaffman que seguía leyendo en busca de respuestas que le ayudaran a entender o por lo menos a aceptar lo que oía de él.

El *"récord"* del doctor Kaffman era brillante, no había tacha, no había siquiera multas de tránsito, nada.

No había ninguna razón, para desconfiar de una persona como él

- *"Entiendo que no es usted psiquiatra doctor Kaffman"*, dijo la sargento como para ahondar en la capacidad que tendría de *"oír la mente"*.

- *"No realmente, aunque recibí entrenamiento durante mi residencia de medicina interna, pero ese no es el punto, el punto es que lo que yo tengo es un don, una gracia, una capacidad extrasensorial que no se puede obtener con entrenamiento alguno, solo se nace con ello"*, dijo George y luego guardó silencio...

Se sentía interrogado él mismo.

- *"Doctor, normalmente no aceptaría un caso como este, sin embargo, voy a pasar el caso a nuestros detectives para que le hagan seguimiento, ellos lo contactaran después de hacer averiguaciones preliminares acerca de los implicados..."*, se detuvo por un minuto.

Hacía algunas anotaciones en el expediente, antes de seguir hablando...

- *"Quiero agradecerle por haber venido ante la sospecha, los ciudadanos de bien se necesitan para evitar y aclarar crímenes que nosotros como policía podríamos dejar pasar por alto, que tenga buen día doctor Kaffman"*, terminó diciendo.

Hizo un saludo militar llevándose la mano a la frente.

> - *"Yo estaré pendiente a colaborar en lo que necesite sargento, de hecho, me gustaría ser voluntario en actividades de policía, por mi trabajo visitando pacientes podría ser de ayuda para ustedes"*, terminó George mientras devolvía el saludo militar llevándose la mano a la frente.

George continuó su día visitando pacientes en sus hogares como lo hacía regularmente.

Al llegar a su casa esa tarde encontró una nota de Florence que enumeraba algunas de las tareas realizadas, y en la parte final, algunas recomendaciones:

"No dejar la toalla mojada en el suelo, déjela extendida para que no huela mal o no se llene de hongos".

"Dejar los platos y vasos sucios en el lavaplatos y remojar con un poco de agua. Mejor si los mete a la lavadora de platos".

"Quitarse los zapatos antes de entrar a la casa, y los zapatos de caminar en la montaña echar un poco de agua tibia a la suela, se llenan de barro que me costó mucho trabajo limpiarlos".

"Déjeme las llaves debajo de la alfombra antes de salir cada semana".

Él tomó el papel y lo dejó en la cocina sin mucho interés.

George tuvo una sensación de que terminaría encerrado en una especie de trampa de la que difícilmente saldría, como si una conspiración se levantara en su contra.

-*"Hay algo que no alcanzo a entender, parece que no pudiera controlar esta situación, como si yo fuera el que está fuera de lo normal"*, repetía sin parar.

DETECTIVE ECHEVERRY

Todos los días, a las 8:00 am en el comando central del departamento de policía de Bardstown, durante la reunión de *"planificación y asignación"*, como se llamaba oficialmente esa actividad, debían asistir todos los detectives del departamento a recibir asignación de casos y recibir noticias de nuevos crímenes por resolver, avances en las investigaciones y cruce de información sensitiva de cada caso para cooperar con otras agencias, no solo de la ciudad, pero también del estado de Kentucky y, en ocasiones de otros estados.

Como era usual, el detective Echeverry hacia su aparición más de 15 minutos tarde, siempre con una mancha de café en su camisa y en ocasiones con la braqueta de su pantalón abierta por descuido, su prominente abdomen no dejaba que su camisa se mantuviera ajustada al pantalón y se sentía el esfuerzo de los botones por mantenerse en posición.

Tenía ojos claros y piel blanca, aunque no podía negar su procedencia hispana ya que, habiendo nacido en un área rural de Colombia, Suramérica, sus padres, desde muy joven, apenas tocando los diez y siete años de edad, lo enviaron a los Estados Unidos en un intento por desviarlo de los malos rumbos y las amistades tóxicas que ya para ese momento lo rodeaban. Su automóvil era reconocido a varias millas por llevar siempre música en alto volumen.

Aunque inicialmente, mientras vivía en Miami, se casó, probablemente para obtener fácilmente su ciudadanía con una americana, se separó rápidamente después de conocer a Silvia, su esposa actual, que difería mucho de su forma de ser, era una mujer refinada y que trataba por todos los medios de corregir su apariencia descuidada, no propia de un detective.

Detrás de esa apariencia poco fina y algo desorganizado, estaba uno de los detectives más eficaces del departamento de policía de Kentucky.

Se encontraba en Barstown como parte de un arreglo con el departamento de policía de Louisville para reforzar las investigaciones de los casos no resueltos en esa pequeña ciudad.

Era extremadamente inteligente y sagaz, no perdía un detalle, calificado como el detective del año por tercera vez consecutiva entre todos los detectives del estado.

A su entrada, el director del departamento, capitán Lewis, ya se encontraba impartiendo instrucciones para las operaciones del día y, como era costumbre, ya se habían repartido en cada escritorio las fotografías de tanto de delincuentes más buscados como de personas desaparecidas que cada uno debía visualizar y memorizar.

Eso incluía reportes de otros estados para colaboraciones en casos en que se sospechaban desplazamientos de criminales o de personas desaparecidas.

- *"Detective Echeverry, parece que otra vez la mitad de su café lo dejo en la camisa, me imagino que por eso llegó tarde hoy"*, dijo el capitán Lewis en forma jocosa

- *"Es parte de las recomendaciones de mi dietista capitán, solo consumir la mitad para bajar de peso"*, respondió Echeverry causando mayor cantidad de risas entre los otros detectives presentes.

- *"Ja-ja-ja"*, respondió el capitán, *"en su escritorio están las fotos de esta semana y seguimos con las asignaciones de casos, por llegar tarde le corresponde un caso de percepción extrasensorial Buuuu"*, terminó en tono de burla mientras mostraba sus manos temblando para confirmar su tono burlesco.

- *"Si, si, si ... me imagino"*, repostó Echeverry con algo de sarcasmo mientras miraba con incredulidad el expediente escrito por la sargento Escobar.

Se sentó en su escritorio y organizó pacientemente la montaña de papeles que ahí yacía inerme, como esperando sepultura.

Revisó una a una todas las fotos de personas desaparecidas, sabía que debía memorizarlas y él era muy bueno para eso, de hecho, siempre había sido un estudiante sobresaliente y probablemente uno de los detectives con mayor coeficiente intelectual del departamento medidos durante la admisión al servicio.

Tomó algunas notas en su libreta que era como una pequeña biblia para él, y contenía fragmentos de palabras y frases cortadas con signos que solo el reconocía, pero que contenía información de cada caso y las claves de cómo se solucionaron.

Sentado en su silla reclinable que ya dejaba ver su desgaste natural y no rodaba por el suelo por tener sus ruedas completamente rotas, Echeverry miraba con atención cada documento mientras engullía un robusto y ya frio bagel con una gran capa de queso cremoso en su superficie y con cada mordisco bebía un sorbo de su café.

Levantó el documento de asignación de casos mientras fruncía el ceño leyendo el reporte:

-"Caso #342, Asignado a: Detective Echeverry. Nombre: Crystal R. Caso: ama de casa, desapareció en Julio 4/2015, Su automóvil fue hallado abandonado y sin señales de robo en Bluegrass Parkway. Recompensa: $25.000 USD".

-"Caso #437, Asignado a: Detective Malony. Nombre: Kathy (madre) and Samantha N., (16 años, Hija) Caso: Fueron encontradas asesinadas en Botland abril 21/2014. No hay sospechosos en el caso. No hay recompensa activa".

-"Caso #1296, Asignado a Detective Echeverry. Nombre: Gabrielle Avinston. Caso: Hospitalizada recientemente, después de un paro respiratorio, fue denunciado por su médico de cabecera, Dr Kaffman, con pruebas poco claras de una confesión por comunicación extrasensorial. Sospechoso: Leonard Avinston, esposo. Caso en desarrollo reciente".

- "Caso 563…"

Mientras Echeverry leía, el capitán Lewis se acercó a su escritorio entregándole tres documentos adicionales.

- *"Nuevos casos de desaparecidos de otros estados, pidiendo ayuda porque podrían localizarse en algún sitio de Kentucky…"*, el capitán hizo una pausa como pensativo,

- *"¿Quién en su sano juicio vendría a Barstown?"*, dijo mientras bajaba sus lentes pequeños de lectura para mirar por encima de ellos a Echeverry.

- *"Yo, solo yo"*, se respondió el detective, y, restando importancia volvió a fijar su vista en los documentos de asignación.

El detective había tomado la decisión de salir de lo más fácil primero para que no le quitara tiempo en resolver lo que le costaba más trabajo, los casos complicados de desapariciones y muertes no resueltas.

Mientras se dirigía en su camioneta Ford rumbo al Flaget Memorial Hospital, el detective Echeverry pensaba en el siguiente caso en que estaba trabajando.

- *"Crystal R, ¿quién estaría interesado en desaparecerla?, porque su hija también?"*, pensaba en silencio.

Se detuvo mientras aspiraba su vaporizador con nicotina que le ayudaba a dejar el cigarrillo.

"Voy a visitar a la señora Avinston, hago un par de preguntas y cierro el caso, que no quede de mi parte como si no me interesara", pensó.

Después de identificarse en la recepción del hospital, fue acompañado por un representante del hospital a la unidad de cuidado intensivo y presentado con el Doctor Zulian.

- *"Doctor Zulian, sé que es usted muy ocupado, voy a ser directo con usted para que ni usted ni yo perdamos tiempo... ¿Qué sucedió medicamente hablando a la señora Avinston?"*, preguntó el detective presuroso.

- *"Detective Echeverry, la verdad hemos trabajado en la teoría de que tuvo un infarto cerebral, y eso causó una depresión respiratoria que nos obligó a mantenerla bajo soporte con un ventilador mecánico..."*, dijo con algo de inseguridad en su cara que llamó la atención del detective.

-*"Antes de cada caso, yo hago mi tarea Doctor, para ahorrar tiempo, llamé a un gran amigo en Miami, quién es internista y le pregunté cómo se presentaría clínicamente un paciente que tuviera un infarto cerebral, él me dijo que usualmente se afectaba una parte del cerebro y si el infarto duraba cierto tiempo, habría un daño permanente que corresponde al territorio afectado..."*.

Hizo una pequeña pausa para organizar su siguiente intervención y organizar sus ideas.

-*"Además me enseñó que, si pasa mucho tiempo, esto debería reflejarse al menos después de las primeras 24 a 48 horas en imágenes como una Resonancia Magnética, ¿Está usted de acuerdo?"*, terminó Echeverry.

Él quería escuchar algo que le ayudara rápidamente a cerrar el caso.

-*"Para ser honesto con usted, la señora Avinston no tenía mayor riesgo de tener un infarto, aparentemente era sana como lo reportó su médico el Doctor Kaffman, con quien me reuní también a discutir el caso, además no encontramos imágenes sugestivas de algún sitio en el cerebro o en la columna cervical alta que pudiera ser consistente con un paro respiratorio, es solo que por la edad, y por la falta de sospecha de otra condición médica, la hemos tratado como un infarto cerebral"*, respondió el Doctor Zulian.

- *"El problema que tengo doctor, es que abrieron una investigación, aunque no puedo decirle quien lo hizo, argumentando un posible intento de homicidio, y me ha correspondido el caso a mí, por lo tanto, necesito cerrar este caso, que francamente me quita tiempo que no tengo. ¿Podría facilitarme los laboratorios de toxicología de su paciente?"*, preguntó Echeverry.

- *"No se le hicieron pruebas de toxicología detective, no se consideró necesario durante la admisión"*, respondió Dr. Zulian, algo fuera de lugar.

- *"¿Cuánto tiempo lleva en el hospital necesitando soporte de un ventilador esta señora doctor?"*, preguntó Echeverry con algo de molestia.

En su mente de investigador, el solo hecho de tener una prueba negativa de toxicología le ayudaría a cerrar el caso fácilmente, era claro que esta señora tenía la edad suficiente para tener problemas médicos.

- *"Tres días"*, respondió Dr. Zulian

-*"¿Si le hacemos una prueba hoy, podríamos tener resultados fiables?"*, preguntó Echeverry con algo de frustración.

- *"A juzgar por el estado en que llegó creería que sí detective"*, respondió el galeno.

- *"¿Se lo podría ordenar ahora doctor?"*, Preguntó con tono de orden el detective.

- *"Lo único que necesitamos es la autorización de su esposo detective… requerimientos legales"*, respondió.

- *"Por favor me llama cuando el examen esté aprobado, este es mi número"*, dijo el detective mientras le extendía una tarjeta con su identificación y número celular.

Echeverry salió de ese hospital algo molesto, se lamentaba de no haberlo podido cerrar ese día para dedicarse a los casos realmente importantes.

Ya estando en Bluegrass Parkway, intentaba reconstruir en su mente la situación de la desaparición de Crystal R, que en ese entonces tenía 35 años de edad.

En ese sitio se encontró el automóvil con una llanta desinflada, lo que le hacía pensar que probablemente solo estaba en el lugar incorrecto en el momento incorrecto, pero el caso no había podido ser aclarado todo este tiempo. Su teléfono celular sonó, el identificador de llamadas dejaba leer *"hospital"*.

-*"Echeverry acá, ¿Quién es?"*, respondió el detective.

Se sentía un poco irritable por el sudor que le corría por su frente y su cuello y que intentaba controlar con un pañuelo de tela con letras SG bordadas a mano que Silvia, su esposa siempre le dejaba perfectamente doblado en el bolsillo de su pantalón.

-*"Le habla Julia, enfermera encargada de la unidad de cuidado intensivo del hospital Flaget Memorial detective, el doctor Zulian me encargó pedir al señor Leonard Avinston la firma que indica que autoriza la toma de muestras para el examen de toxicología, desafortunadamente el señor Leonard se negó a firmarla, está molesto con que le hagan este tipo de exámenes a su esposa"*, dijo la interlocutora.

-*"Hay alguna otra forma de obtener ese permiso y lograr obtener ese test?"*, preguntó Echeverry.

-*"Por vía administrativa con una orden judicial bajo la necesidad de una investigación en curso detective, o.... tratar de convencerlo"*, respondió la enfermera.

-*"Voy a explorar las dos vías, pero es necesario hacer el test de cualquier forma"*, dijo el detective Echeverry con evidente molestia que no lograba esconder.

Inmediatamente llamó a Claudette Meirel, la directora legal del departamento de policía de Bardstown.

Él la conocía, de hecho, le debía un favor desde cuando su esposo Frederic, quien operaba un expendio de licores había sido investigado por venta de bebidas sin autorización, la investigación se cerró prematuramente por *"falta de pruebas"*. Echeverry le pidió la orden expedita de un juez para realizar el examen, aunque sabía que ese trámite tomaría unos días y probablemente cuando sería tarde para encontrar resultados positivos.

También llamó al señor Avinston, pero solo logró dejar un mensaje de voz que nunca respondió.

Antes de 24 horas la orden del juez estaba firmada y el examen se hizo. Los resultados se demorarían unos 5 días teniendo en cuenta que las muestras debían ser enviadas al departamento de Toxicología de Hospital de Harrisburg, Pensilvania.

La molestia del detective Echeverry se transformó en curiosidad...

   -"¿Por qué el Leonard Avinston no quiso que se le hiciera el test de toxicología a su esposa?", pensó, "debo hablar con ese señor, después de todo parece que no voy a poder cerrar ese caso rápidamente como pensé".

VISITA A LEONARD AVINSTON

George tomó la decisión de visitar a Leonard en su casa, a pesar del temor que le suscitaba y el riesgo de ese dominio que ese personaje había demostrado tener sobre su mente. Planeó grabar la conversación solo en caso de necesitar más pruebas físicas ante las autoridades.

Leonard hasta ese momento no había sido informado que tenía una investigación en su contra, y menos que había sido George quien la instauró, pero George estaba seguro de que, aunque Leonard siempre actuaba como si no tuviera el poder que tenía, seguramente sabía al menos de su intención de acusarlo.

-*"Es extremadamente astuto, podría darse cuenta de que lo estoy grabando, debo evitar pensar, evitar que lo sospeche, es un hombre peligroso"*, pensó.

En ese punto, George había atado cabos entre la desaparición de Joseph, hermano de su paciente el señor Holder, era muy evidente que Leonard podía ser esa persona que organizaba peleas ilegales en los túneles de Bardstown y al mismo tiempo hacia prestamos ilícitos por los que muchos probablemente perdieron sus vidas. Él lo veía claro, conocía la mente de Leonard, el mismo había sufrido su maldad.

-*"A mí no me engañas Leonard"*, pensó.

George esperó a que llegara, sentado en su automóvil en la

acera de enfrente de su casa desde las 6:45p.m., las visitas en el hospital se cerraban a las 6:30pm, por lo que le tomaría unos 20 a 25 minutos llegar a su casa. Mientras estaba en ese lugar, acomodaba un pequeño micrófono de alta precisión que se hacía pasar de un lapicero puesto, en apariencia, inadvertidamente en el bolsillo de su camisa.

A medida que veía el automóvil de Leonard acercarse sentía un extraño sudor que recorría su frente, su corazón se aceleraba y un fino temblor se apoderaba de sus manos, pero también de sus muslos.

Al pasar enfrente de su auto, George bajó su cabeza un poco como para no ser visto. y, a pesar de que parecía no haberlo visto, ahí estaba su voz...

- *"¿Creé que no sé qué está ahí doctor?"*.

George levantó su cabeza para ubicarlo. Leonard parecía tranquilo, se bajó de su auto y camino hacia la puerta, sin embargo, como si hubiera decidido enfrentarlo, hizo un giro y caminó en su dirección, con una actitud que no parecía agresiva, parecía que no supiera que estaba ahí, pero caminaba justo hacia él.

Sentado en ese auto, George sudaba profusamente, se sentía descubierto, la mente de Leonard ya lo había detectado, pero actuaba como si no lo hubiera hecho.

- *"Demasiado astuto"*, pensó mientras se mantenía sin hacer un solo movimiento, casi sin respirar.

Súbitamente Leonard se detuvo, justo al frente de su caja de correspondencia, por pocos segundos hecho una mirada a lado y lado de la calle abrió la caja y extrajo varios sobres y una pequeña caja de UPS. Por pocos segundos miró los sobres, dio la vuelta y entró en su casa como si ignorara la presencia de George en el lugar.

George esperó varios minutos mientras secaba su frente, acomodaba su camisa sobre todo... se tranquilizaba.

-*"Es un monstruo"*, pensaba en silencio.

-*"Usted también lo es Doctor"*, oyó en la voz de Leonard, que para ese momento ya estaba dentro de su casa.

-*"¿Por qué él piensa que yo también soy un monstruo, que sabe de mí?"*, pensó George.

Caminó a través de la calle dejando el auto parqueado en frente. Al llegar a la puerta de Leonard, aún temeroso presionó el timbre.

Hasta ese momento sentía ganas de salir corriendo, se sentía sin protección, no sabría que hacer si George tenía planes de acabar con él también, así como lo había hecho con su esposa, y probablemente con muchas personas más de su pasado oscuro.

-*"Creo que mientras su esposa este viva, no me haría daño, pero si muere, yo sería un estorbo para él..."*, pensó, *"sería el único testigo con vida"*.

Mientras esperaba, su mente no paraba.

-"Debo hacer que lo detengan, que deje de hacer daño".

Segundos antes de que Leonard abriera la puerta, decidió poner su mente en blanco para evitar filtrar información.

Al abrir la puerta, Leonard parecía lo opuesto a lo que en realidad George sabía de él, se veía plácido, impecablemente vestido, de buenas maneras y parecía dar la apariencia de ser muy amable con él.

-"Doctor Kaffman buenas noches, gracias por venir, sé que es un poco tarde, pero como sabrá, estaba visitando a Gabrielle, mi esposa en el hospital", dijo Leonard mientras abría completamente la puerta y extendía su mano para saludarlo.

-"Gracias señor Avinston, yo estuve también visitándola y francamente no sé lo que le ocurrió, ¿usted tiene alguna idea?", preguntó George como tratando de obtener información que pudiera ser de utilidad mientras grababa.

-"Ella era una mujer sana como usted sabe, esos días antes de la hospitalización había tenido un dolor de espalda y le di algo que usted le dejó para el dolor, pero de pronto empezó a sentirse mal y súbitamente cayó al suelo, parecía costarle trabajo respirar y estaba muy dormida, llamé inmediatamente al 911... prácticamente fue intubada en la ambulancia, yo estaba muy asustado doctor", explicó Leonard con voz cansada y haciendo algunas pausas.

Leonard quedó un poco en silencio. George debía ser prudente con cualquier palabra que dijera, y, además, con su pensamiento.

Él sabía lo astuto que era Leonard, no quería dejarlo entrar en su mente. Pero era inevitable tratar de entender el contexto de lo que decía. Por un lado, él estaba convencido de que Leonard sabía que estaba siendo grabado, además había dicho que "era sana", como si diera por hecho que moriría, por otro lado, por qué había mencionado que tomó...

-*"Los medicamentos que usted le dio"* ...

En ese momento entendió que Leonard estaba tratando de incriminarlo a él, parecería que quería hacer pensar que él había intentado asesinar a su esposa.

Se invadió de miedo, de impotencia, sabía que estaba siendo atrapado en una trampa, una red en la que cada vez se sentía más y más como pez que está siendo sacado del agua en una atarraya que va haciéndose más angosta y hace el movimiento más difícil y que después también le faltaría la respiración cuando fuera sacado del agua.

Leonard fue un momento a la cocina y le ofreció a George un vaso con agua que recibió con recelo y sin dejar de seguirlo con la mirada, como para tratar de descubrir lo que pensaba. Puso el agua en la mesa, no pensaba tomarlo.

- *"Usted sabe que todo apunta a usted doctor, usted pudo haber cometido ese crimen"*, dijo la voz de Leonard, sin embargo, en ese momento Leonard lo miraba sin hablar.

- *"Es un miserable"*, pensó George sin hablar, *"me está tratando de incriminar, debo moverme rápido, este hombre es un criminal profesional, sabe lo que hace"*.

Leonard rompió el silencio...

- *"Doctor hoy me llamaron para que autorizara un examen de toxicología a mi esposa, no sé porque, pero no quiero que la molesten tanto, ya la han puyado demasiado, parece un colador, ¿Usted sabe para qué es ese test?"*, terminó preguntando.

- *"No sé porque se lo ordenaron"*, respondió George con evidente nerviosismo.

Se sentía vulnerable porque Leonard no se abría formalmente con él, porque no le hablaba directamente… tal vez… era la forma de dominar su mente, de hacerlo preso de su plan

- *"Yo no di la autorización doctor, francamente quiero el menor sufrimiento para mi Gabrielle"*, dijo Leonard con una sonrisa que George interpreto como falsa.

- *"Señor Avinston, quiero decirle que desde que vi a su esposa, inmediatamente me recordó a mi madre, es muy parecida, sus facciones idénticas y la forma de sus manos, de hecho, mi madre tenía un anillo parecido al que usa su esposa en el dedo meñique"*, le dijo George como tratando de calmarse un poco.

- *"¿Su madre vive?"*, preguntó Leonard mostrando cierta simpatía.

- *"Ella ha sufrido de esquizofrenia paranoide que se exacerbó con la muerte de mi hermano menor cuando aún yo era un niño, de hecho, mi padre se suicidó después de eso…"* George hizo una pausa, *"me vi en la obligación de internarla en un hospital psiquiátrico en Carolina del norte, muy triste situación señor Leonard, gracias por preguntar"*, dijo.

- *"Sé lo que sucedió con su madre doctor, lo sé muy*

bien", oyó George de la mente de Leonard sin que hubiera un solo movimiento de sus labios.

- *"Debo salir de acá"*, pensó George en silencio mientras se levantaba de su silla.

-*"Debo irme señor Leonard, estaré pendiente de Gabrielle, ojalá logre sobrevivir, el problema es que no quede en coma mucho tiempo, el daño cerebral por la hipoxia que le produjo el dejar de respirar depende del tiempo en que no recibió oxígeno su cerebro"*, dijo George extendiendo su mano para despedirse.

Salió presuroso del lugar, casi sin mirar atrás. A su salida, sacó el lapicero de grabación de su bolsillo y lo tiró en el suelo pisándolo una y otra vez hasta destruirlo completamente.

-*"No me sirvió de nada"*, pensó con molestia.

Cuando miró atrás, se dio cuenta que Leonard lo seguía con su mirada desde su ventana.

EL DETECTIVE INVESTIGA

El permiso judicial para el test de toxicología llegó casi a las cinco pm, inmediatamente se tomaron las muestras, no habían pasado más de 72 horas de una posible ingestión cuando se tomaron.

El Detective Echeverry fue al día siguiente al hospital antes de continuar con sus investigaciones de otros casos a los que les daba la mayor importancia, sin embargo, sabía que debía cerrar este caso antes de la próxima reunión semanal del departamento o sería el hazme reír de todos sus compañeros.

Él tenía la idea de entrevistar al señor Avinston, que, aunque no era aún un sospechoso, serviría para aclarar este confuso caso desde el principio.

A su llegada, Julia, la enfermera jefa de la unidad de cuidado intensivo lo condujo a encontrar al Doctor Zulian.

-*"Buenos días doctor, espero que todo esté tranquilo hoy"*, saludó Echeverry.

-*"Gracias detective…. Creo que se regó un poco de café en su camisa"*, respondió el galeno con algo de jocosidad en su mirada.

- *"Es la firma del diseñador doctor, gracias"*, dijo con

desinterés el detective. Luego continuó, *"¿algún cambio en la salud de la señora Avinston?"*

- *"Ninguno detective, no hay respuesta neurológica, en este momento lleva más de 12 horas sin sedativos y no hay respuesta neurológica, no hay signos de descerebración, pero está en coma profundo, ayer se le tomaron las muestras de toxicología que ordeno y ya se enviaron al laboratorio especializado del doctor Donovan en Harrisburg, Pensilvania"*, respondió con postura seria y profesional el doctor.

- *"¿Está el esposo en el hospital?"*, preguntó Echeverry en su forma siempre directa y cortante, como si no tuviera tiempo o paciencia.

El doctor le señaló el cubículo de la paciente, donde, a través del vidrio se veía la figura imponente de Leonard sentado con su pierna cruzada y leyendo el periódico suministrado por el hospital y que trajo de la sala de espera.

Echeverry se acercó con paso corto pero rápido al pequeño cubículo.

- *"Señor Avinston, soy el detective Echeverry"*, se presentó extendiendo su mano para saludarlo.

- *"No sé cuál es su papel en el caso de mi esposa, pero no voy a estar autorizando exámenes que no se necesitan solo porque usted lo quiera, se lo advierto detective, y si me perdona, estoy ocupado en la recuperación de mi esposa"*, respondió Leonard en actitud desafiante, sin siquiera levantarse de su silla y dejando extendida la mano del detective.

- *"No sé si usted lo sabe, pero tengo una orden de investigar el caso de su esposa, y gústele o no debo al menos hacer mi trabajo, ya sea para continuarlo o para cerrarlo señor Leonard"*, dijo con autoridad Echeverry.

- *"No lo sabía detective… ¿Por qué habría que investigar?, no estoy entendiendo"*, dijo algo sorprendido Leonard mientras se levantaba de su silla haciendo que el detective diera un paso atrás como sintiéndose amenazado.

- *"Perdone detective, esto de mi esposa me tiene aturdido, pasó de pronto de ser una persona sana, a estar en coma"*, terminó diciendo Leonard con actitud un poco agresiva, como exigiendo respuestas.

- *"Es cuestión de procedimiento de rutina señor Leonard, entiendo que le cause molestia, es normal para nosotros hacer este tipo de cosas"*, dijo Echeverry mientras detallaba las facciones de Gabrielle.

Delgada, con piel blanca, de mediana estatura, ojos pequeños, cejas pobladas y sonrisa con dientes delanteros algo separados.

Él era muy asertivo en los detalles, podía describir perfectamente los detalles más ínfimos de cualquier persona que haya visto hasta dos años antes, incluida su forma de vestir o caminar, algo que su mente hacia automáticamente, fotográficamente.

- *"¿Hay alguien que quisiera hacer daño a su esposa señor Avinston… incluido usted?"*, preguntó el detective, con una franqueza que sorprendió Leonard.

- *"Ha sido la mujer de mi vida, no podría imaginar mi vida sin ella, no tenemos casi amigos, nuestros hijos se encuentran en otras latitudes y solo nos tenemos el uno al otro detective, ¿Por qué querría hacerle daño?, sería como dispararme a mí mismo, ¿no cree?"*, dijo Leonard.

- *"¿Qué hace usted señor Leonard, a qué se dedica?"*, seguía preguntando Echeverry con una mirada de águila que observa a su presa antes de atacarla.

- *"Me retiré hace varios años, tal vez no he debido hacerlo, era muy hábil para los negocios y ahora me aburro un poco"*, respondió Leonard.

Mientras hablaba, volvía a sentarse en el sillón justo al lado de la cama de su esposa y cruzaba su pierna.

Aunque había mucho ruido de monitores y ventiladores mecánicos en pleno trabajo, se sentía un silencio ensordecedor para él, se sentía señalado.

- *"Señor Leonard, lo estuve investigando, hay reportes de algunos arrestos por promover apuestas ilegales, prestamos irregulares por fuera del sistema financiero y un par de incidentes violentos en sitio público, ¿es eso cierto?"*, preguntó Echeverry.

- *"Era muy joven, y en realidad todos los cargos fueron desestimados apreciado detective, parece que no está tan bien documentado después de todo"*, dijo Leonard con aire algo triunfante.

- *"¿Tiene conocimiento de las desapariciones de personas en Bardstown?, ¿conoce los túneles, ya sea de forma directa o indirecta señor Leonard?... ¿deudas, apuestas no pagadas, u otros asuntos que prefiero no comentar en este momento?",* seguía preguntando Echeverry.

- *"¿Me está acusando de algo detective, necesito un abogado?",* replicó preguntando Leonard.

- *"¿Ha comprado algún seguro de vida para usted o su esposa recientemente?",* seguía insistente el detective.

-*"Voy a guardar silencio ahora, investigue usted, haga su trabajo",* respondió Leonard mostrando su enojo.

-*"Buen día señor Leonard, nos estaremos viendo",* se despidió el detective mientras salía del cuarto casi sin mirar atrás.

Aunque no había tomado en serio el caso, empezaba a encontrar en Leonard una persona que podría encuadrar en un perfil soslayadamente criminal, hasta ese momento no había ni siquiera una razón para pensar que había un caso criminal. Sabía que debía esperar la prueba principal para él...

-*"el examen toxicológico".*

Una vez en su oficina en el segundo piso de la central policiaca, se dedicó a organizar sus ideas acerca del caso y tomando notas en su pequeño cuaderno.

El grupo de hojas que no había revisado sobresalía por lo abultado, era lo que precisamente no quería hacer, pero era una de las labores que todos sin excepción debían hacer a diario... mirar las fotos de los criminales buscados y las personas desaparecidas, así que dedicó el resto de la tarde a ello.

Miraba y memorizaba una a una las fotografías, empezando por los criminales buscados, al llegar al grupo de desaparecidos, le llamó la atención una foto especifica, una mujer de sesenta y ocho años de edad, marcada con el nombre de Jeimmy Morelos, sin embargo, no lograba precisar por qué le llamó tanto la atención, sin embargo, prestó más atención cuando notó que venía del departamento de personas desaparecidas de otro estado. Siguió su larga lista de tareas encima de ese escritorio.

Abrió nuevamente el expediente de la señora Avinston.

-*"Denunciante: Doctor George Kaffman",* leyó al inicio del documento preparado por la sargento Escobar días antes.

-*"Debo hablar con ese doctor, él quizá tenga información que me ayude a aclarar la relación de los esposos Avinston, Leonard podría evidentemente intentar algo contra su esposa, es inteligente y físicamente bien dotado, pero necesito un motivo",* pensó el detective Echeverry mientras miraba el documento.

Había investigado un poco a Leonard, no había seguros de vida recientes, propiedades escondidas, no parecía haber un tercero en la relación.

-*"Si el examen de toxicología es positivo, y espero que no, voy a necesitar un motivo",* pensó nuevamente.

Su esposa Silvia lo llamó horas después para avisarle que había preparado carnero asado con puré de papas, que era su plato favorito desde la infancia.

Él se levantó presuroso dejando atrás los papeles.

-*"Mañana será otro día"*, pensó.

Mientras Se llevaba una colombina a la boca, la última que le quedaba después de consumir, casi por completo la bolsa que había comprado en el supermercado sin que Silvia lo supiera.

L A NOCHE

C omo todos los fines de semana, Jessica llegó el viernes a Bardstown. Un poco cansada, decidió llegar directamente al apartamento de George que aún no había llegado, al entrar no dejó de molestarse por las marcas de los zapatos de montañismo de George desde la entrada, que, por supuesto ella limpiaría después de ir a recoger el correo en su casillero. Mientras subía en el ascensor ojeaba una a una, sin abrir, la correspondencia.

Uno de los sobres tenía como procedencia precisamente el hospital mental Iderelle Davis. El sobre se encontraba un poco rasgado y dejaba leer *"comunicación urgente..."*, pero no lograba leer más allá de esas palabras a pesar de intentar levantar un poco el papel para avanzar en el mensaje. Decidió dejar eso a George.

Los demás sobres provenían del departamento de electricidad y servicios de aseo. Al entrar nuevamente en el apartamento, dejó la correspondencia sobre el sofá y caminó hasta el cuarto de artículos de aseo detrás de la cocina donde recogió el trapero y la escoba, aunque no pudo dejar de levantar las "semibotas" llenas de barro algo rojizo en las zuelas y ponerlas en el lavadero para echarles algo de agua caliente para desprenderlo más fácilmente, ya lo había hecho tanto que se volvía mecánico para ella. Llamó su atención que las llaves del pequeño cuarto justo al lado de artículos de aseo, que se convirtió en una incógnita para Jessica porque siempre estaba asegurada, colgaban del manubrio de la puerta... Ella sintió la repentina necesidad de abrir esa puerta y echar un vistazo a lo que George guardaba con tanto recelo, con tanto silencio.

Tomó esa llave con su mano y le dio vuelta, se oyó un *"clic"* en señal de haber liberado en seguro, sentía algo de aprehensión, por alguna razón en esos segundos la memoria le traía a su pensamiento palabras de Aurora, su madre...

-*"si vas a abrir una puerta, asegúrate que puedes lidiar con lo que encuentres, si no, déjala cerrada, quizá te afecte menos"*.

Ya a punto de abrir la puerta, oyó la de la entrada del apartamento abrir rápidamente y una voz, la de George:

-*"¿Jessy?"*.

Rápidamente se alejó de esa puerta y tomó los utensilios.

-*"Hola amor"*, respondió, *"acá ayudando un poco, te dejé la correspondencia en el sofá"*, terminó diciendo.

Por alguna razón se sentía como haciendo algo incorrecto. Como temerosa, como si ese cuarto le produjera esa sensación.

Ella regañó a George por las señales de barro en el piso y los zapatos llenos de barro.

-*"¿Dónde haces tu ejercicio de caminatas de montaña?, parece que traes toda la montaña a tu apartamento George"*, dijo Jessica mostrándole la zuela de uno de los zapatos.

-*"Debo ser más cuidadoso amor, perdona",* respondió George entre arrepentido y por salir del paso.

-*"Pensé que ya no tenías tiempo de hacerlo, y además no lo hemos vuelto a hacer juntos por esa falta de tiempo mi vida",* replicó Jessica como en tono de reproche.

- *"A veces lo hago para despejarme un poco de los problemas Jessy",* respondió el cómo restando importancia.

Esa noche asistieron a la reunión anual de la Asociación Médica de Kentucky seccional Bardstown, que reunía anualmente los médicos locales a la que había sido invitado George y, aunque pensó disculparse, Jessica le exigió que fuera para socializar un poco, previendo que posiblemente sería el lugar de vivienda de los dos en algún momento.

Entraron al Centro de eventos de Barstown situado en la calle cuarta, él, usando un traje completo azul oscuro y corbata roja de origen francés, y ella, un vestido rojo bastante ajustado que dejaba brillar su escultural cuerpo, fueron recibidos en la entrada del lugar por el doctor Gustav Lecompt, cirujano plástico de la ciudad que, sin duda dominaba el ámbito político de forma magistral, lo que le daba ventajas para manejar la asociación médica local también.

Era hijo de inmigrantes franceses y siempre se hacía acompañar por su bella esposa Ann Sophie, de una belleza privilegiada, cuidaba su figura guiada por su esposo y tal vez por esa razón decidieron nunca traer hijos al mundo.

-*"Soy su anfitrión doctor Kaffman, he oído hablar mucho de usted y de su maravilloso papel con pacientes en sus casas. Quiero que a partir de hoy haga parte de nuestra asociación, sé que con médicos jóvenes y talentosos vamos a tener tiempos de gloria en Bardstown"*, hizo una pausa, realmente hablaba como político profesional.

-*"Les presento a mi esposa Ann Sophie, abogada de profesión, pero artista de corazón"*. Terminó.

A pesar de lo animado de la fiesta, con música y actividades artísticas, George se percibía distante, como si no viviera el momento. Jessica por su parte se divertía como niña en guardería, participaba de todas las actividades planeadas, se presentó con todas las esposas de los médicos presentes y no desaprovechaba el momento para sutilmente volcar su interés, y casi la necesidad de comprar propiedades en Louisville, que por supuesto ella representaba. Se volvió sin proponérselo la estrella de la noche, no solo porque se veía radiante, indiscutiblemente bella, pero también porque su personalidad en público era arrolladora, de mente clara, conversación inteligente y movimientos seguros.

En algún momento George la interrumpió mientras hablaba con un pequeño grupo que para ella eran potenciales clientes.

-*"Mi amor creo que debemos irnos ya, estoy algo cansado"*, le dijo al oído.

-*"Dame un minuto y nos vamos mi vida"*, respondió Jessica con un poco de molestia.

Minutos después salían del lugar casi sin despedirse.Por alguna razón George sentía que no pertenecía a ese grupo.

En camino a casa George guardaba silencio, ensimismado, como guardando algo que no quería soltar, Jessica lo sentía distante. Sin embargo, sentía que había razones, para ello, sabía que dos de sus pacientes estaban hospitalizadas, y eso lo preocupaba. Prefirió guardar silencio hasta llegar al apartamento y solo comentar acerca de los vestidos que vio en la fiesta y otros temas superfluos.

Al llegar al apartamento se alistaron para dormir, una vez en la cama se dieron unos cuantos besos y encendieron la pantalla de la televisión sin buscar algo en especial. Rieron por media hora viendo un monólogo de su comediante favorito, Marcelo Hernández, quien, a su corta edad y de procedencia latina, había alcanzado un éxito tan rápido que se compadecía con su enorme talento. Jessica era una de las asiduas admiradoras de su talento.

Al terminar el monólogo de Hernández, justo al inicio de un nuevo programa, George percibió la imagen de Leonard en la pantalla, lo miraba fijamente, casi señalándolo.

> -*"Usted lo hizo doctor Kaffman, y yo lo sé, porque sé de todos sus movimientos, sé lo que piensa, lo sigo atentamente"*, le decía Leonard desde la pantalla.

George empezó a sudar profusamente y miraba a Jessica como tratando de entender porque ella no lo veía también...

> -*"¿Lo ve?"*, pensó.

Se levantó de la cama.

> -*"¿Voy a tomar algo de agua Jessy, te traigo?"*, preguntó George.

Él quería estar solo, reorganizar su mente, sus pensamientos. Sentía que Leonard lo invadía, lo inquietaba. Tal vez cuando regresara, no veía a Leonard en esa pantalla, tal vez estaba somnoliento y tuvo una pequeña pesadilla, o, lo que los psiquiatras de su madre llamaban un *"sueño vívido"*.

Al regresar ofreció un vaso con agua a Jessica y el venía tomando del suyo. Ya no veía en la pantalla a Leonard, lo que lo tranquilizó un poco y volvió a la cama.

Pocos minutos después, Jessica roncaba profunda, pero el todavía no alcanzaba a lograr dormir.

-*"Hizo un buen trabajo con Gabrielle, pero ahora es tiempo de guardar silencio, sé que está tratando de hacerme ver culpable. Recuerde que se la verdad, toda su verdad doctor Kaffman"*, le dio la voz de Leonard, esta vez sin que percibiera su imagen.

-*"Dios, Leonard me quiere incriminar, tengo que hablar nuevamente con la policía, es un tipo astuto... ¿Que verdad?"*, pensó George mientras trataba de poner su mente en blanco.

Sentía que Leonard lo dominaba lo torturaba, lo llevaba a extremos en su mente emocionalmente frágil. Utilizó técnicas de relajamiento para lograr dormir con su mente en blanco.

"4:00 a.m." se leía en el reloj despertador de la mesa de noche del lado de Jessica cuando abrió los ojos todavía algo *"embriagada de sueño"*. Extendió su mano para tocar a George, pero no lo sintió.

En medio de una sensación de somnolencia profunda y algo de mareo se sentó en la cama.

-*"¿Amor, estás en el baño?"*, dijo Jessica con voz adormitada y algo de disfonía.

Sintió el ruido de una puerta afuera y pocos segundos después entro George algo agitado y sudoroso.

-*"No podía dormir mi vida, fui a tomar algo de aire fresco"*, dijo George, con una mirada en su cara que dejaba notar que sus pensamientos no se encontraban en ese lugar, elevado.

-*"Te he notado tenso últimamente mi vida, ¿te ocurre algo?"*, preguntó Jessica que todavía tenía esa sensación de torpeza al hablar y somnolencia.

-*"No lo sé Jessy, tal vez me estoy preocupando demasiado"*, respondió George tratando de restar importancia al momento.

Jessica nuevamente sintió un sueño profundo, ella sentía que en el único lugar donde descansaba profundamente era en ese apartamento, de hecho, raramente despertaba antes de 9 am, lo que nunca le sucedía mientras dormía en su apartamento de Louisville. Sin notarlo, nuevamente quedó profundamente dormida.

Al levantarse al día siguiente, ya George no estaba en el apartamento. Se levantó directamente a la cocina, quería un café urgente que le hiciera recobrar la energía que parecía haber perdido casi inexplicablemente durante la noche.

En el piso de la entrada del apartamento podía verse una tenue línea de manchas de barro que parecían pasos con senescente barro rojizo que a pesar del evidente intento de limpiarlo, se negaba a desaparecer.

-*"Debo llamarle la atención a la empleada, no está haciendo bien el aseo"*, pensó en silencio Jessica mientras esperaba

que la cafetera anunciara el momento de disfrutar
ese café, que ya se dejaba sentir en su aroma.

Con el café en la mano empezó un caminar en el apartamento,
como guiada por la curiosidad.

No pudo evitar intentar abrir el pequeño cuarto detrás de la
cocina, pero estaba cerrado herméticamente. En el pequeño
espacio de lavado de ropa había una camisa y un pantalón
esperando ser lavados. Volvió presurosamente al cuarto, debía
alistarse para volver a Louisville lo más temprano posible.

Mientras corría el agua tibia por su cuerpo pensaba que en ese
apartamento ella dormía profundamente, contrario a lo que le
ocurría en su apartamento en Louisville.

-*"Tal vez me relajo más acá en mi pueblo natal"*, pensó
mientras una pequeña sonrisa se dibujaba en sus labios.

Minutos después del baño, cuando trató de bajar la llave del
inodoro por alguna razón no lograba completar el movimiento
de la manecilla que se trancaba en la mitad de su curso normal, lo
que la obligó a retirar la tapa del recipiente del agua para intentar
reparar el problema....

-*"¿Un anillo?*, dijo en forma de pregunta.

Durante minutos, analizó en detalle ese anillo
probablemente de oro, con brillantes incrustados
en su frente, pero de un diseño excéntrico..

-*"¿Me pedirá que me case con él?, pero... ¿Por
qué esconderlo en el inodoro?"*.

Lo dejó nuevamente inmerso en el agua tal y como lo encontró.

VISITA AL SEÑOR LLORET

Desde su llegada a la pequeña casa a las afueras de la ciudad para visitar su nuevo paciente Rodrige Lloret, George sintió un ambiente pesado, oscuro, una nube ambientaba una especie de misterio que rodeaba ese lugar.

Parecía que iba a llover y pequeñas gotas mojaban el suelo sin mojarlo. Sintió un poco de escalofrío que aumentaba en la medida que caminando se acercaba a la puerta de entrada, después de parquear en la calle de al frente, donde no había nada más que un lote baldío, que solo albergaba pequeños montos de desperdicios y un par de buitres negros que parecían vigilar sus movimientos mientras destrozaban una rata que aún moribunda, luchaba por su vida.

La casa invitaba a nunca entrar, a mantenerse alejado. De colores obscurecidos por el tiempo por el descuido y probablemente por el espíritu de ese lugar.

A medida que se acercaba, se dejaba oír, desde adentro música sacra que sobrepasaba los límites de la propiedad y los bajos hacían retumbar los tímpanos de George llegando hasta sus yugulares.

Desde ese momento presentía que no sería una visita agradable. Pensó en dar la vuelta, alejarse de ese lugar antes de... No sabía antes de que, solo presentía, sin saber qué.

Dio vuelta a su cuerpo y se paró inmóvil dando la espalda a esa casa.

- *"Entre doctor, debe entrar, usted sabe que debe entrar"*, oyó la voz totalmente reconocible para él... la voz de Leonard.

Miró a su alrededor solo para confirmar lo que temía... no había nadie hablándole a él.

George no sabía porque, pero sentía una debilidad inusitada de su pensamiento, no tenía las fuerzas para seguir sus instintos de huir de ese lugar, de evitar ese "algo" que no podía definir.

- *"Me tiene atrapado cada vez más, ya no puedo siquiera imponer mi voluntad"*, pensó, *"está presente en todos mis espacios, ya no puedo liberarme"*.

Sacó un rosario de la Virgen que había comprado en una feria de antigüedades y que por alguna razón siempre llevaba en un bolsillo de su maletín médico, aunque nunca pensó que lo necesitaría. En realidad, no sabía siquiera como usarlo, pero sentía cierta protección espiritual, cierto confort en tenerlo empuñado en su mano en ese momento.

Nuevamente dio vuelta para enfrentar la entrada de esa casa. Para ese momento el clima empeoró progresivamente, el cielo se cubrió de nubes más oscuras de lo usual para la época, se dejaban ver iluminaciones entre esas nubes con truenos que anunciaban lluvia. Una brisa fría empezaba su labor de levantar muchas hojas de árboles cercanos en forma de pequeños remolinos. A pesar de ese cambio de clima, los buitres no dejaban de seguirlo con su mirada, él lo sentía en su pensamiento como si quisieran prevenirlo de algo.

Trataba de resistir que su cerebro, ya fuera de su propio control, hiciera avanzar su cuerpo hacia esa casa.

-*"Debo llamar a Jessica, necesito alguien que me ayude, no puedo con esto solo, es más fuerte que yo, ¡me domina!"*, pensó.

Sacó del bolsillo su teléfono celular, la pantalla mostraba la foto de los dos y el botón de marcado rápido se dejaba ver claramente "Jessy", que tal vez era el único número de marcado rápido que tenía en su teléfono. Lo presionó, una y otra vez, cada vez con más desespero, hasta que la llamada salió. Él sentía que Jessica tenía en su espíritu diáfano y benigno, el poder de protegerlo, de devolverle la paz a su vida en momentos de oscuridad.

- *"Esta es Jessica, su agente inmobiliaria de confianza, por favor deje su mensaje… beep"*, se oyó en el teléfono que él puso en alta voz.

Se llenó de pánico, se sentía abandonado en el medio de la nada y en manos de una fuerza que, sin ser visible, lo superaba. Trataba de entender como había caído preso en la mente de un psicópata como Leonard, Se preguntaba una y otra vez como salir de ese dominio.

- *"Leonard me está ganando, me está arrastrando a la locura, es demasiado astuto, jugador de póker, maligno, pero no he llegado hasta este punto de mi vida para dejarme vencer, lo voy a enfrentar…. sí, lo voy a enfrentar"*

Como si lo empujara una fuerza que lo superaba con creces, empezaron sus piernas a llevarlo a la puerta delantera de esa casa. Sin haber llegado apenas a dos pasos, la puerta se abrió dejando oír más fuerte aquella música sacra que para él sonaba tenebrosa, desagradable. Un olor a incienso se abría paso como queriendo desocupar el interior del lugar. No había nadie en la puerta, pero el siguió adelante.

Al pasar el umbral de esa puerta, parecía también que entrara a un mundo aparte. La música incesante, ese olor a incienso quemado y una oscuridad que hacía de cada paso una aventura. Muchos objetos colgaban del techo con colores verde, anaranjado y amarillo con efecto fosforescente que imitaban estrellas y planetas flotando en el espacio, los muebles de la entrada evidentemente avejentados y con poco mantenimiento, pero con madera pintada de colores al menos llamativos. Definitivamente había poco glamur en ese lugar.

- *"Entre doc"*, dijo una voz desde la sala.

- *"¿Señor Lloret?"*, preguntó con algo de timidez George tratando de encontrar el origen de la voz.

- *"Llámeme Rocky doctor, como me conocen en mi círculo… el círculo de la vida"*, respondió, *"siga hasta la sala, que es la sala de los espíritus que se liberan"*, siguió diciendo.

La visión de George se fue adaptando a la tenue luz que solo provenía de pequeñas linternas que tenían forma de velas encendidas y le daban un toque especial al lugar.

Todo era extraño, al menos no convencional. Avanzó lentamente hasta entrar a la sala que estaba separada del resto de la casa por un separador hecho de hilos de seda de oveja de diferentes colores colgando desde un tubo de aluminio pretendiendo emular un arcoíris en vez de un simple separador de poco gusto. En cada esquina, una pequeña mesa con cráneos de carabelas, como vigilando el lugar, que le daban un toque de misterio.

- *"En este momento estoy con un cliente que se encuentra en un trance espiritual"*, dijo señalando un pequeño cuarto cerrado en la esquina de esa sala, *"que requiere que todos en esta casa nos liberemos de los espíritus malignos, tiene usted un aura pesada Doctor, lo puedo percibir"*, terminó diciendo Rocky.

Rocky era un hombre de alta estatura, delgado, sin ser calvo, ya de notaba una frente amplia que algunos pelos intentaban disimular, nariz fileña y dientes blancos bien alineados, sus brazos eran largos y sobrepasaban las mangas de una especie de camisón amplio, sin botones que simulaba el vestir de babalaos de la isla de Cuba.

Las mangas amplias cubrían hasta el medio brazo y sus bordes colgaban hacia abajo mientras el sostenía una especie de pequeña maraca en su mano derecha que, con un tenue movimiento imitaba el sonido de una culebra cascabel, y en su mano izquierda un pequeño contenedor de algo que parecía incienso despojando una tenue nube de humo de olor para George repugnante.

Rocky estaba parado en el centro de una serie de círculos pintados de color blanco fosforescente en el suelo y que se alejaban centrípetamente de él ampliándose consecutivamente.

George estaba parado por fuera del círculo más lejano, como si se encontrara por fuera de una especie de área de protección de aquel personaje. Él no estaba preparado para ese escenario, siempre fue muy escéptico. Dudó por un momento el seguir en ese lugar, no sabía el propósito de quedarse, Rocky simplemente sería un paciente más, sin importar sus creencias... pero en su mente sentía que había otro propósito de encontrarse en ese lugar.

- *"No tenga miedo doc, siempre hay un propósito para todo en la vida, usted llegó aquí por una razón"*, decía Rocky mientras paseaba el recipiente humeante de incienso hacia George.

Mientras tanto, se oían gemidos y sonidos guturales en aquel pequeño cuarto y una mujer con aspecto misterioso, algo pasada de peso y con extenso maquillaje oscuro, uñas muy largas que sostenían un cigarro encendido, abría desde adentro la cortina que separaba el cuarto dejando ver un hombre en el suelo que parecía estar dormido, con sus brazos cruzados en su pecho, haciendo ciertos movimientos que recordaban convulsiones generalizadas, de hecho, George pudo notar que tenía lo que parecía ser un pañuelo entre los dientes.

- *"Maestro, el espíritu maligno está abandonando el cuerpo"*, dijo la mujer con voz de fumadora y algo de júbilo, *"lo hicimos"*, terminó diciendo.

- *"¿Que le ocurre a ese hombre?"*, preguntó George con curiosidad.

- *"Tuvimos que aplicarle la terapia Bufo… la necesitaba"*, dijo mientras movía con más fuerza las pequeñas maracas en su mano.

George sabía a lo que Rocky se refería, lo había visto en su entrenamiento médico en el área de toxicología. La especie de sapo Bufo, que se encuentra en Estados Unidos y México, produce en su piel una sustancia que también se encuentra en la naturaleza como Ayahuasca, conocida como N-Dimetil triptamina, un tóxico que produce efectos psicotrópicos muchas veces severos.

- *"¿Necesita ayuda con eso Señor Rocky?",* preguntó George, *"parecería que esta convulsionando".*

- *"Para nada doctor, está en trance involutivo distraccional",* dijo Rocky con tono serio.

La señora que los acompañaba cerró la cortina y George decidió no seguir averiguando la suerte de ese sujeto.

Siguió la indicación de Rocky para sentarse en su mesa de *"despacho"* para hablar de temas de salud. Ya George había revisado su historial clínico obtenido de su médico de cabecera previo. A pesar de sus 72 años, Rocky parecía ser muy sano, excepto por afecciones en sus articulaciones probablemente relacionadas con la edad.

- *"Señor Lloret, vengo a visitarlo como su médico de cabecera asignado por su seguro para verlo en su lugar de vivienda, parece que no ha asistido a sus visitas médicas en más de 2 años",* empezó diciendo George.

- *"Tiene un aura muy pesada doctor, lo puedo percibir",* respondió Rocky casi sin escuchar lo que decía su doctor.

George súbitamente sintió que Rocky lo observaba de forma inusual, como si lo conociera, o probablemente, como si...

- *"¿Alguien le hubiera hablado de mí?",* se preguntó George en silencio. No podía evitar pensar en ese poder mental que ejercía Leonard sobre él, de pronto se atemorizó.

- *"Entienda que, aunque le guardo respeto a la medicina tradicional, yo aplico mi medicina espiritual para evitar enfermedades doctor",* dijo Rocky.

Rocky aspiraba un enorme habano hasta formarse una columna de ceniza en su punta, lo extendió hacia George…

-*"Fume doctor, que quiero saber de usted más allá de lo que se ve, eso lo podría proteger, o lo podría hundir en un mundo desconocido, ¿quiere tomar el riesgo?"*

-*"¿Por qué dice que tengo aura pesada Rocky, usted que percibe?",* preguntó George.

-*"¿Tiene algo que no quiere que se sepa en su vida doctor?",* preguntó Rocky.

-*"Todos tenemos algo…",* seguía diciendo mientras hacia un gesto para indicar que tomara el habano.

George no podía ocultar el frio que recorrió su cuerpo al oír esa pregunta. No se sentía cómodo en ese lugar, no entendía porque precisamente esta visita rutinaria, como muchas que diariamente tenía, se convertía en una especie de emboscada espiritual para él.

-*"¿Será que Leonard tiene algo que ver con este babalao de quinta categoría?",* se preguntó en silencio.

-*"Mientras esté en este lugar estará protegido de los espíritus malignos doctor, solo deje liberar su alma, pídales a los ángeles que lo protejan, ¿siente alguna aflicción en su vida?",* dijo Rocky en tono conciliador levantando su vista hasta hacer contacto visual directo con los ojos de George.

Aunque Rocky se mantuvo en silencio frente a George como esperando una respuesta, George, que también miraba fijamente a Rocky, oyó de pronto, de la nada y más importante, sin que Rocky modulara palabra o moviera sus labios...

-*"No hay espacio seguro para usted doctor, usted es un asesino y yo me aseguraré de que pague por lo que hizo".*

-*"¿De qué habla?*, pensó George, que reconocía perfectamente esa voz, era la voz de Leonard.

-*"¿Por qué acabar con la vida de Gabrielle?"*, seguía oyendo George, *"tal vez... le recordaba alguien?... miserable".*

Cuando George se hizo consciente de su ausencia mental, sintió a Rocky frente a él, ya con varias velas de incienso encendidas y humeantes, luces de neón encandilaban sus ojos y un intenso olor a incienso quemado lo ahogaba. Le extendió un vaso de cerámica rustica con una bebida que emitía una tenue capa de humo.

-*"Tómelo doctor, le va a servir para ahuyentar esos malos espíritus"*, le dijo Rocky mientras se cubría su cabeza con una especie de mosquitero que le daba un aura de sacerdote falso.

Inmediatamente empezó a cantar como imitando un cantante de ópera torciendo la comisura labial hacia un lado como para mejorar el sonido de su voz.

George sabía que no debía tomar aquello, pero algo lo impulsaba a hacerlo, y lo hizo... lo tomó tan rápido como pudo.

-*"¿Qué era eso tan amargo?"*, preguntó George mientras secaba sus labios con sus mangas de camisa.

-*"Ayahuasca doctor, le hará tener un viaje espiritual a su propio yo, a enfrentar sus enemigos espirituales"*, dijo Rocky.

A USENTE 24 HORAS

Sin saber por qué o cómo, George abrió los ojos estando sentado en una de esas oscuras cavernas debajo del pueblo de Bardstown, estaba más oscuro de lo usual, más frio de lo usual, con ambiente pesado que hacía difícil respirar.

Se levantó con dificultad, con mareo, nausea y algo trémulo, se estabilizó y empezó a caminar despacio, el suelo estaba húmedo y por ocasiones encharcado. Caminó durante varios minutos, a medida que caminaba, el frio se acentuaba en su cara hasta sentirla congelada, sentía trozos de nieve sobre ella.

Súbitamente sintió una tenue luz que dirigía un haz directamente hacia un pequeño rincón de esa cueva. Una osamenta de mano salía sin moverse de una rustica tumba en el suelo, tal y como ya antes había visto, un anillo brillaba en el hueso del dedo anular de esa mano. Era un escenario conocido...

Mientras seguía parado en ese lugar, se acercaba por su espalda ese hombre, con una herida de bala todavía sangrando en su frente, pálido, mirándolo fijamente como culpándolo de algo, y detrás, ese bebe flotando en el aire, con sus pequeñas sábanas colgando hasta el suelo. Esta vez pasaron más cerca que nunca, podía respirar su olor putrefacto.

Por alguna razón sintió miedo profundo, ganas de salir

corriendo, de salir de ese lugar.

Intentaba dar pasos hacia la salida, pero sus piernas se sentían como plomo pesado que lo anclaba al suelo fangoso. Entre más se esforzaba, más le costaba alejarse de ese lugar, hasta que no logró mantenerse en pie y se dejó caer rendido, su pensamiento no era claro.

Sintió que lentamente se quedaba sumido en un sueño profundo, del que no podía despertar. Por momentos despertaba todavía sin ser capaz de aclarar su mente.

Después de varias horas se levantó con esfuerzo, tambaleante, ahí estaba esa rustica tumba, con una carabela de mano dejándose ver. Debía alejarse de ese lugar, lo que veía le hacía daño, pero no lograba apartar su vista de eso.

Una vez de pie, se apoyaba en las paredes apedrentadas de ese túnel para mantenerse parado, pero también para iniciar pasos que lo llevaran fuera de ese lugar, que cada vez percibía más frio, más húmedo... más tenebroso.

A medida que avanzaba, como si supiera el camino, lograba percibir una claridad que le permitía intuir que era de mañana. No sabía cuánto tiempo había transcurrido desde que se encontraba en ese lugar, aunque por momentos sentía que era solo un sueño como muchas veces le ocurría y que en algún momento despertaría.

Entre más caminaba, más se alejaba esa claridad que lo guiaba, como si no avanzara, sus ropas humedecidas y manchadas por el barro le pesaban tal vez más que la sensación de su mente adormecida... confundida.

Sintió que caminó por más de una hora cuando debió casi cerrar los ojos por la claridad del día que ya aparecía enfrente de él.

A un lado, en el camino de tierra y piedras, se encontraba su auto, mal parqueado, casi al borde de un barranco que producía vértigo con la puerta abierta y la radio prendida a bajo volumen. Minúsculas gotas cubrían su superficie sin mojarlo.

Su maletín médico se dejaba ver en el asiento de atrás.

-"*¿Cómo llegué a este lugar?*", pensaba en silencio.

Tropezando con evidente falta de coordinación de sus movimientos, logró sentarse en el puesto del conductor. Las llaves estaban en la posición de encendido, como si esperaran por él.

Dio la vuelta a la llave para encender el auto... "*Click, Click*", sonó sin encender...

-"*Click, click, click*", seguía oyendo mientras intentaba abrir sus ojos.

Empezaba a percibir imágenes más claras en ese momento, una figura hacia su aparición mientras su vista se aclaraba.

-"*¿George, me oyes?*", preguntaba con voz femenina.

Esa figura de la que reconocía perfectamente la voz... era Jessica, que le extendía una taza de té caliente mientras lo miraba sentada a su lado en el borde de la cama.

-*"¿Qué pasó… dónde estoy?"*, preguntó George con mirada un poco perdida y voz somnolienta, evidentemente confundido.

-*"No lo sé amor, estas en tu cama, yo tuve que venir de Louisville, te llamé durante todo el día y la noche ayer y no respondías, aunque los mensajes entraban a tu celular"*, dijo ella.

-*"¿Ayer?"*, preguntó George más confundido aún.

Habían pasado casi dos días sin saber de George. No respondía las llamadas o los mensajes.

Mientras tomaba el té, George miró su teléfono constatando la cantidad de llamadas de Jessica durante el último día, eran las 5:00 p.m. del siguiente día de la visita a Rocky, que empezaba a recordar claramente. Había un mensaje de whatsapp de un número desconocido.

-*"Doctor Kaffman, le escribe el detective Echeverry, por favor deme una llamada tan pronto pueda, necesito hacerle unas preguntas referentes al caso de la señora Gabrielle Avinston"*, decía el mensaje.

George prefirió no llamar al detective en presencia de Jessica, dejo el teléfono silenciado en su mesa de noche.

-*"Amor, ¿Por qué toda tu ropa está llena de lodo?, ¿estuviste peleando?, ¿tomaste alcohol?"*, preguntó Jessica.

-*"Sabes que no tomo alcohol mi vida, creo que el último paciente que vi ayer me dio una bebida que me hizo perder el conocimiento, pero no recuerdo absolutamente nada… no sé cómo llegué, acá"*, respondió George.

-*"Lo encuentro muy extraño porque tu automóvil estaba con las llaves adentro y la puerta abierta, tu maletín se encontraba en el asiento trasero, y cuando subí, tu puerta de entrada estaba abierta con las llaves pegadas también, el piso con pasos pintados de fango y dos vasos rotos"*, dijo ella mirándolo con extrañeza.

Él se llevó la almohada a la cara y poco a poco quedó nuevamente dormido.

En ese momento oyó desde el baño una voz… era la voz de Leonard.

-*"Doctor usted sabe que tiene que cumplir con lo requerido… el doctor Mort se ha convertido en una piedra en mis zapatos, quiéralo o no, debe ser eliminado… y pronto"*, decía la voz de Leonard.

-*"Déjeme solo, aléjese, ¿de quién habla?"*, decía George una y otra vez mientras se movía en la cama.

Se despertó súbitamente, sudoroso y asustado, miró a su alrededor, buscando… no había nadie.

A VANZA LA INVESTIGACIÓN

S entado en su desordenado escritorio, mientras miraba por segunda vez las fotos de personas perdidas de otros estados, el detective Echeverry se detenía en una especifica.

-"*Jeimmy Morelos… en verdad se parece a la señora Avinston, ¿estarán relacionadas de alguna forma?*", pensaba mientras abría en su computador el récord disponible con ese nombre.

Tomó su taza de café ya frio y le dio un sorbo que le produjo cara de mal sabor.

-"*No lo creo, esta persona desapareció de un manicomio en Carolina del Norte, ¿Qué tendría que ver con alguien acá, en el medio de la nada?*", pensaba.

El mensajero de la estación pasaba en ese momento dejando en cada escritorio la correspondencia que mantenía organizada por nombres en una canasta con ruedas mal engrasadas, que le facilitaba el trabajo de organizar y llevar todos los paquetes y cartas en un solo viaje.

Sin parar de caminar extendió con su mano hacia el detective un grupo de tres o cuatro sobres cerrados mientras decía.

-"*!Detective Echeverry!*", como para asegurarse de

que lo entregaba a la persona correcta.

El detective los miró rápidamente uno tras otro, apartó tres de ellos y el cuarto lo sostuvo en sus manos mientras lo habría presuroso. Era el resultado del test de toxicología de la señora Avinston...

-*"Positivo para Fentanilo +++ (fuertemente positivo)",*
leyó Echeverry con algo de asombro, como
deseando que el resultado fuera diferente.

Tomó su teléfono y buscó en su lista de contactos "DEA, Alfredito M", viejo amigo y agente de la DEA, casi en vías de retiro. Presionó el botón de marcación rápida.

-*"No me llamas solo para saludarme, lo sé, ¿qué necesitas Echeverry?",* respondió su amigo sin siquiera saludar.

-*"Sabes que no me gusta estar saludando Alfre, no te quito tiempo, necesito los datos de todos los puntos de farmacia autorizados para la venta de Fentanilo en el estado, las últimas ventas y los nombres de quienes la recibieron... te debo una amigo",* le dijo Echeverry casi sin pausa.

-*"Me debes varias, jajaja, no hay problema, veré que puedo hacer albóndiga",* le respondió terminando con tono burlesco.

Se levantó de su escritorio y salió de la comisaria en camino al hospital, debía volver a entrevistar a su principal sospechoso en el caso Avinston... Leonard.

-*"Algo me esconde este señor, ¿Por qué no autorizó la toma de muestra de toxicología cuando se lo pedí?, tiene antecedentes que, aunque fueron desestimados, yo diría que tiene experiencia*

en el bajo mundo, al menos en Bardstown, ¿Dónde conseguiría
el Fentanilo?", pensaba en silencio el detective Echeverry.

Camino al hospital escuchaba su radio en el auto... precisamente
sonaba una canción de la cantante Shakira, de la que era un gran
fanático. Se quedó en el parqueadero del hospital varios minutos
oyendo el final de la canción, era de las pocas artistas que lo
hacían hacer pausas en cualquier actividad.

Al llegar a la unidad de cuidado intensivo fue directamente a
la cama de la señora Avinston, sacó la foto que llevó consigo
de la mujer perdida en Carolina del Norte y la comparó con
Gabrielle, que para ese momento todavía se encontraba intubada
y conectada a un ventilador mecánico, pero perfectamente
peinada y evidentemente bien cuidada por su esposo, que se
encontraba a su lado.

-*"¿No se le parece a su esposa?",* le dijo a Leonard mientras le
extendía la fotocopia de la fotografía que llevaba en su mano.

-*"Muy parecida detective, ¿de quién se trata?",* respondió Leonard.

-*"No tienen relación, es la foto de una persona extraviada*
en Carolina del Norte, pero me llamo la atención el parecido
con su esposa señor Avinston", dijo el detective

-*"Gabrielle debe tener un tipo muy común, porque su médico*
también la encontró parecida a su madre", respondió Leonard.

-*"Ya veo",* dijo el detective.

Mientras guardaba el papel doblándolo en el bolsillo de su
chaqueta, se sentó enfrente de Leonard.

-"*¿Cómo sigue su esposa señor Avinston?*", preguntó

-"*Sigue en coma, pero según el médico, ha tenido algunas respuestas neurológicas favorables… por lo menos el neurólogo descarto muerte cerebral*", respondió Leonard.

-"*Sabe que ella tenía un alto grado de fentanilo en su sangre?*, preguntó el detective mientras miraba sus ojos sin perder detalle, como tratando de encontrar gestos de nerviosismo en su respuesta.

-"*Me enteré por información del médico del hospital detective, no sé cómo ella obtuvo eso, ni siquiera sabía lo que era, de hecho, me preguntó si ella tenía ideas de suicidio*", respondió Leonard.

-"*¿Las tenía?*", preguntó casi sin esperar Echeverry.

-"*No que yo supiera, pero…*", hizo una pausa para respirar, "*uno nunca termina de conocer a las personas*", parecía estar algo emocional.

-"*¿Ella tenía experiencias con drogas, ya sea legales o ilegales, en el pasado señor Avinston?*", preguntó.

-"*En ocasiones recibía alguna que otra medicina para dormir, en el pasado recibió Valium para algunos ataques de pánico con la muerte de su hermano*", aclaró Leonard sin ninguna muestra de nerviosismo o dudas.

-"*¿Por qué se negó usted a que se le hiciera un test de toxicología señor Avinston?*", preguntó.

-*"¿Son muchos exámenes y procedimientos para mi Gaby,
la tienen llena de cosas... es mucho... no cree?, ¿si fuera
su esposa no pensaría igual?*, preguntó Leonard.

El detective sintió que no tenía más argumentos en ese momento, no quería presionar demasiado sin tener más evidencia, ahora tenía dos delitos que investigar, uno por uso de sustancias y el otro por intento de asesinato.

-*"Esto se está complicando"*, pensó mientras se levantaba
inclinando un poco su cuerpo en señal de despedida.

George no quería darle ninguna señal corporal a Leonard de aprobación o no de lo que decía, prefería que se mantuviera un poco nervioso de tenerlo en el *"radar"* de sospechoso.

Al sentarse en su auto, se detuvo sin encenderlo por varios minutos tratando de poner en orden sus ideas... sacó del bolsillo de su chaqueta la foto...

-*"Jeimmy Morelos..."*, leyó en voz baja, *"debo hablar
con el denunciante"*, pensó mientras desviaba su vista
al horizonte, a ningún lado... divagando.

Decidió visitar al denunciante, el doctor Kaffman. Llamó a su oficina para obtener número de teléfono y dirección de vivienda.

El teléfono del doctor sonaba solo con la respuesta de un contestador automático de mensajes sin espacio para nuevos entrantes.

EL DETECTIVE VISITA A GEORGE

Se oía…"Toc…toc…toc", sonaba a puerta de George varias veces antes de que Jessica la abriera.

-*"Hola señorita, soy el detective Echeverry del departamento de policía de Bardstown"*, dijo el detective mientras mostraba su placa que colgaba de forma apretada de su cinturón, *"¿podría hablar con el doctor George Kaffman?"*, preguntó.

-*"Ahora está profundamente dormido detective, tuvo una mala noche"*, respondió Jessica con la amabilidad que le caracterizaba.

Sin embargo, no podía ocultar su curiosidad por la presencia de un detective buscando a George ese día.

-*"Yo soy su novia, ¿podría saber para qué lo necesita detective?"*, siguió diciendo mientras abría completamente la puerta de entrada como en señal de dejar entrar al detective.

Bajo la indicación de Jessica, se sentaron en la pequeña sala.

-*"El doctor Kaffman denunció un intento de asesinato de una paciente que hoy está en un hospital, quiero que me aclare algunas cosas"*, dijo Echeverry.

-*"¿Quiere tomar algo detective?"*, preguntó Jessica mientras se dirigía a la cocina.

-*"Agua estaría bien señorita, mi esposa me prohíbe comer*

fuera de casa, dice que me está viendo un poco pesado últimamente, pero yo creo que es porque ronco muy fuerte", respondió Echeverry con tono jocoso.

-*"¿En serio?"*, bromeó Jessica.

Jessica se acercaba en ese momento con un vaso de agua con algo de hielo y mientras se lo entregaba preguntó al detective si ella podría responder algunas de sus preguntas.

El detective llevó su mano al bolsillo de su chaqueta para sacar su libreta de apuntes donde tenía anotaciones que le ayudaran a ser preciso en la información que necesitaría. Accidentalmente cayó al piso la foto de Jeimmy Morelos que había guardado ahí más temprano, él lo levantó del suelo y lo puso sobre la mesa entre otros documentos, de forma que se alcanzaba a ver algo de esa foto.

-*"¿Puedo usar el baño señorita?"*, preguntó el detective con algo de afán.

-*"Claro detective"*, respondió mientras señalaba el baño de invitados junto a la sala.

Mientras el detective caminaba hacia el baño, Jessica no pudo evitar mirar esos papeles que el detective dejó en la mesa, la foto en ese papel doblado en cuatro dejaba ver parte de la cara de una mujer que se le hacía familiar, la desdobló teniendo cuidado de que pareciera casual, despacio, sin dejar oír el movimiento de ese papel. Al quedar doblado solo en dos mitades alcanzó a confirmar lo que sospechaba, la mujer de esa foto definitivamente le parecía muy familiar... La invadió una sensación de temor, un frio en la piel que definitivamente no era agradable.

-*"Desapare..."*, leía en el encabezado, cuando sintió la puerta del baño abrirse, lo que la obligó a soltar el papel en la mesa.

-*"Continuando con nuestra conversación señorita, estoy tratando de aclarar la razón de la denuncia por el doctor Kaffman, en especial... la razón de la sospecha"*, dijo Echeverry mientras se sentaba en el sofá.

-*"No creo que pudiera ayudarle detective, porque ni siquiera sabía que había denunciado algún acto ilegal, él ha estado un poco inquieto últimamente"*, respondió Jessica mientras miraba con interés al detective.

-*"Precisamente estoy acá porque George estuvo perdido durante las últimas 24 horas, que no es usual en él, a duras penas cuando va a visitar a su madre a Carolina del norte"*, terminó diciendo.

-*"¿La madre del doctor vive en Carolina del norte?"*, preguntó el detective con cierta curiosidad mientras tomaba un sorbo de agua.

-*"Si, ella enfermó de los nervios después de la muerte de su segundo hijo en la cuna y el suicidio de su esposo, el padre de George, él estaba muy joven, probablemente tendría solo nueve o diez años cuando sucedió... una tragedia"*, respondió ella.

Echeverry se llevó las manos a la cara en señal del sentimiento que le causaba esa historia.

-*"No puedo imaginar lo duro de la situación..."*, hizo una pausa, *"con todo eso que pasó en su vida, él logró estudiar *medicina, que mérito tan grande",* dijo el detective.

-*"Creo que eso lo fortaleció para prepararlo en su vida detective, desde que lo conocí lo admiro por su resiliencia",* dijo ella con facie de mujer enamorada y una pequeña sonrisa que se dejaba asomar con timidez

-*"Creo que mi charla con el doctor Kaffman podría esperar, es mejor dejar que descanse",* dijo el detective mientras sacaba una gastada tarjeta de presentación de su bolsillo extendiéndola con su mano a Jessica.

-*"Por favor entréguele mi tarjeta y dígale que me llame cuando pueda",* terminó diciendo mientras tomaba rumbo a la salida del apartamento acompañado de Jessica.

-*"Así lo haré detective",* dijo Jessica con una sonrisa amable mientras lo acompañaba en el camino con la tarjeta en la mano.

Detuvo su caminar lento hacia la puerta, observando por unos segundos, un pequeño librero a la entrada del apartamento, uno de los libros en posición de estar activamente revisado encima de los demás, tenía un título que llamó su atención… *"Voces en la mente, ¿locura o don?, revelaciones médiumnicas",* del escritor especializado en temas parapsicológicos y de la mente, y además médium brasilero Roberto Fernándes y Nadja, llamó su atención porque ya conocía de ese escritor y había leído otras obras relacionadas con el tema

Salió del elevador pasando por la recepción del edificio hasta encontrar su automóvil, Echeverry no dejaba de pensar en la conversación con Jessica en lo referente a la madre del doctor.

Condujo su auto hasta su casa, no sin antes parar en la gasolinera para llenar su tanque de gasolina y comprar unas astromelias que llegaban al lugar desde Colombia para ser vendidas, eran las flores favoritas de Silvia. Él acostumbraba a comprarle esas flores cada semana y siempre, sin falta, al elegirlas decía...

-*"Unas flores para la flor más hermosa"*, era
como una especie de amuleto para él.

Jessica mientras tanto se quedó pensativa en el sillón de la sala.

-*"Esa foto era muy parecida a la única foto que he visto de
mi suegra", pensó en ese momento, ¿de qué denuncia habla el
detective?, ¿Qué significa todo esto?"*, se preguntaba curiosa.

Una vez en casa, ya listo para dormir, el detective Echeverry pensaba lo extraño del caso de la señora Avinston, lo sospechoso de la actitud inocente de su esposo.

-*"Si no hubiera una denuncia, yo pensaría que esa señora
intentó suicidarse, pero... ¿de dónde sacó el fentanilo?"*,
pensaba mientras daba vueltas en la cama Echeverry.

La noche avanzó para él sin sobresaltos hasta que el sol empezó a anunciar el nuevo día.

JESSICA CONFRONTA A GEORGE

Casi a las 11:00 p.m., George despertó todavía sintiendo el efecto de lo que había ingerido en casa de Lloret, Sentía pesadez en su cuerpo, se sentía culpable de haberse dejado llevar por ese personaje.

Al despertar, Jessica permanecía en la cama a su lado, mirándolo, como esperando respuestas.

-*"No me di cuenta cuanto dormí Jessy, parece increíble, yo no hago eso nunca, lo último que recuerdo es el paciente que visité ofreciéndome una bebida como parte de algún tipo de magia curativa... fui un estúpido, perdóname porque sé que te preocupaste"*, dijo George con una sonrisa amable.

Jessica prefirió ni discutir ese tema, para ella era claro que George no le era infiel, ese no era el problema.

-*"¿Tienes una foto reciente de tu madre?"*, preguntó.

-*"¿Para qué la necesitas amor?... ¿de dónde viene eso?"*, preguntó George con algo de incomodidad, ciertamente no se esperaba esa pregunta.

-*"Solo quiero verla mi vida, yo nunca la he conocido personalmente, ¿Cuándo la viste por última vez?"*.

-*"Claro, dijo George, mañana te muestro las fotos que tengo de ella, aunque por su esquizofrenia paranoide ella no se deja*

*tomar muchas fotos… dice que las podrían usar para que
el FBI la persiga, ya sabes cómo es eso mi vida",* respondió
George mientras iba saliendo del cuarto hacia la cocina.

Al volver, venia con dos tazas de te caliente.

-*"Toma un té, preparado por mi especialmente
con amor, mañana será otro día",* le dijo mientras
extendía la taza con cariño hacia ella.

Pasaron varios minutos en la cama, abrazados, pero en silencio
que para él era necesario, pero para ella se sentía como un
espacio entre los dos, sentía que algo no estaba bien, pero no
sabía que…

Rápidamente fue quedando profundamente dormida, casi no
tuvo tiempo de ponerse su pijama, se sentía exhausta.

George, mientras tanto seguía despierto con una sensación de
resaca que rondaba su cabeza, encendió su computador para
ubicarse en la realidad después de ese episodio durante la visita
al señor Lloret, que borró completamente de su memoria lo que
sucedió más tarde esa noche y el resto del día siguiente.

Eran las cuatro de la madrugada cuando Jessica despertó, pero
no podía mantenerse alerta, puso su mano a un lado como
confirmando que George estaba con ella en la cama, pero no
lo sintió, levantó un poco la cabeza y notó que no estaba en
la cama… sintió la necesidad de levantarse a buscarlo, pero la
pesadez mental que tenía no la dejaba moverse.

Como pudo se levantó tambaleante, débil, agarrándose de las

paredes para mantener el rumbo hacia la sala del apartamento. Se sentó en el sillón y recostó su cabeza cómodamente, miró el reloj en la pared de la entrada…4:30 a.m…

El ruido de la puerta de entrada la despertó… ya sentía un poco más de claridad mental. Era George, que entraba al apartamento.

-*"¿Dónde estabas amor?"*, le preguntó con voz arrastrada, notablemente débil.

-*"Fui a dar una vuelta mi vida, no podía dormir"*, le respondió George que se veía muy agitado, como cansado.

George se acercó, le dio un beso y rápidamente se dirigió a la parte trasera, dejó sus semi-botas llenas de barro en la parte trasera y, con sus pies vestidos por sus medias blancas se adentró en la cocina con la intención de hacer café para los dos.

-*"No te levantes, ya te llevo el café mi vida"*, le dijo mientras se encontraba en el proceso.

Jessy se encontraba un poco confusa por los hechos de los últimos días, no podía aclarar su mente. El detective en su casa… George perdido por dos días… todo le estaba resultando extraño.

-*"¿Cómo está tu madre amor?"*, le preguntó a George mientras él se acercaba con una taza de café que dejaba saber que estaba muy caliente, humeante.

-*"Hace un tiempo no la visito, pero supongo que todo está bien porque no me han contactado del centro, generalmente lo hacen cuando hay incidentes que reportar mi vida, ¿por qué lo preguntas?"*, respondió George.

-*"Es que ayer, mientras dormías, estuvo acá el detective Echeverry, que me dijo estar asignado a un caso de posible intento de asesinato que tu denunciaste",* le dijo Jessica esperando un poco la reacción de George

-*"Entiendo... que te dijo exactamente, ¿en qué va el caso?",* preguntó presuroso George.

-*"No mucho... cómo estas involucrado tu?,* preguntó ella.

-*"Es difícil de explicar Jessy... tengo que empezar por decirte que yo tengo una habilidad especial para escuchar algunos pensamientos de mis pacientes, en un principio me asusto, pero después entendí que era parte de mí, de mi vocación de médico, de mi percepción... literalmente... oigo la mente de mis pacientes",* le explicó George con voz pausada.

-*"¿Yyyy?...",* repostó ella.

-*"Y sucede que de la mente del esposo de la señora Avinston, percibí que él tenía la intención de asesinar a su esposa... inicialmente no hice nada, hasta que ella terminó en una unidad de cuidado intensivo necesitando soporte con ventilador mecánico... todavía está así... no tuve otro remedio que denunciarlo",* explicó él.

-*"¿No pudo ser un infarto cerebral o un ataque cardiaco que sucede a veces en personas de edad?",* preguntó Jessica.

-*"No hay evidencia de eso en muchos test realizados en el hospital Jessy",* respondió George mientras se levantaba del sillón como caminando hacia el cuarto.

-*"El detective traía una copia de una foto de alguien que desapareció en otro estado… se me pareció mucho a la foto de tu madre que me mostraste hace un tiempo",* le dijo ella.

-*"Ha de ser parecida mi vida, en esas fotos policiales todos se parecen",* le dijo George.

Hablaba como restando importancia al comentario y siguió caminando.

Jessica se levantó después de tomar el café, camino hacia el cuarto, ya se sentía mejor, más despierta. Se dirigió al baño, quería empezar el día con ánimo.

Ya para ese momento George salía de la bañera y no pudo evitar verla desnudarse enfrente de él. Se veía hermosa, le extendió la mano y la introdujo en la bañera.

Ella, aunque mínimamente adormitada, se dejó llevar, quería hacerle el amor en ese momento.

El agua corría tibia todavía, él, la acomodó contra la pared mientras los mojaba la regadera, Jessica dócilmente se dejaba llevar, sus pezones se empezaron a ver erectos, la piel erizada, cerró los ojos como quien se entrega a lo que se veía venir.

George estaba erecto y después de tocarla y besarla con pasión, la penetro muchas veces.

Ella de vez en cuando entreabría sus ojos para verse en el pequeño espejo al lado del lavamanos que, aunque medio empañado por la humedad tibia, dejaba ver las siluetas y los movimientos que la excitaban más.

Él terminó eyaculando justo al mismo tiempo que ella con un grito de placer que hizo que ella gritara también.

Quedaron abrazados unos minutos, en silencio, mientras el agua corría sin cesar.

-*"Penétrala otra vez George"*, oyó él, *"hazlo"*, otra vez oyó esa voz.

George hizo un gesto separando bruscamente a Jessica de su cuerpo, corriendo a un lado las cortinas como buscando algo, se veía confundido.

-*"¿Qué ocurre amor?"*, preguntó ella un poco alarmada por el súbito cambio de actitud de él.

-*"¿Oíste eso?"*, preguntó el, mientras fruncia el ceño y cerrando la llave del agua que corría, como poniendo atención a los ruidos.

-*"Hay algo que debes saber Jessica, termina de arreglarte y te invito a desayunar, allá te cuento"*, le dijo George como con intriga.

Jessica guardó silencio, con ánimo conciliatorio, abrió nuevamente la llave de la regadera y se dio un baño.

Al salir de la regadera, se secó con su toalla, salió del cuarto y ya George estaba sentado en la cama, todavía guardaba esa actitud sospechosa que tenía minutos antes de salir del baño.

Salieron caminando del apartamento hacia la cafetería la esquina, a unas dos cuadras del apartamento.

Pidieron desayuno para dos y se sentaron junto a la ventana, el clima estaba propicio para una buena conversación.

-*"¿Qué es aquello que tenías que decirme mi vida?"*, preguntó Jessica.

Esperaba la respuesta, mientras agregaba crema y sustituto de azúcar a su café.

-*"Así como yo ocasionalmente percibo extrasensorialmente el pensamiento de mis pacientes, que uso para ayudarles en sus tratamientos y para entenderlos mejor, hay personas que lo hacen también, pero podrían usar esa especie de pequeño poder, de una forma diferente"*, empezó diciendo.

Jessica ciertamente había leído algo acerca de la percepción extrasensorial, concepto que pertenecía para ella a la parapsicología, incluye fenómenos más relacionados con telepatía, clarividencia y precognición.

-*"¿Cómo así, quien más tiene esa capacidad?"*, preguntó ella.

-*"El señor Avinston mi vida, de hecho, me sucedió algo terrible con ese personaje... ha invadido mis pensamientos, no logro evitar su intromisión en mi mente desde el día en que lo conocí, el reconoció mi capacidad desde entonces y no he podido librarme de él, me atormenta a diario"*, le explicó él mientras sostenía su café en la mano.

En un principio, Jessica quedó algo pensativa y en silencio, estaba tratando de digerir lo que acababa de escuchar, ella era una mujer práctica, poco entregada a pensamientos o explicaciones espirituales.

Llegó a pensar que no debía ser correcto que un médico con fundamentos científicos tuviera esa influencia de un tipo extrasensorial.

Sin embargo, conocía algunos casos de personas que tenían ciertas habilidades especiales que le daban credibilidad a lo que decía George.

-*"Eso debe saberlo el detective mi vida, no es algo normal, pero si está pasando, él debe saberlo"*, terminó diciendo Jessica.

-*"Se lo diré tan pronto hable con él, es un personaje peligroso"*, respondió George.

Terminaron su desayuno y volvieron a su apartamento tomados de la mano.

Jessica debía volver a Louisville y George debía visitar pacientes ese día hasta tarde.

Así lo hicieron horas más tarde.

EL DETECTIVE HABLA CON KAFFMAN

Después de un día colmado de casos policiales y dos citaciones a corte por casos criminales, el detective Echeverry vuelve a su escritorio en el departamento de policía.

-*"Detective Echeverry, sé que tiene experiencia en Louisville con casos criminales difíciles de resolver, quisiera un consejo sobre dónde empezar con un caso no resuelto"*, le preguntó el detective Frederic, que por ser el más novato en el departamento, tenía dificultades para cerrar casos.

-*"Claro Fred, pero solo si me dices como adelgazaste tanto desde que te vi por primera vez… y no me digas que, con ejercicio y dieta, porque sé que guardas un secreto"*, le dijo Echeverry en tono jocoso.

-*"El secreto essss… un bypass gástrico"*, le respondió Frederic.

-*"Jajaja, confiésate hijo"*, bromeó Echeverry, *"cuéntame el caso hijo"*, pidió.

-*"Se trata de Francis Mort, un psiquiatra de 65 años de edad, de Louisville que desapareció más de tres semanas, era especializado en casos de profesionales de la salud, era además evaluador del board de psiquiatras consultor para casos que envuelven competencias psiquiátricas en profesionales de la salud… su caso era evaluado como desaparición en Louisville, negativo para posibles amantes o vida oculta, cuentas bancarias y finanzas claras, profesional laureado, sin tacha, socialmente admirado y no hay sospechas de actividades ocultas, pero se encontraron evidencias de haberse visto por última vez en Bardstown antes de su desaparición …"*, expuso Frederic sentado en el borde de la mesa como buscando en la expresión de Echeverry algo de empatía para darle una mano con el caso.

-*"¿Casado, hijos, fortuna, alguna suscripción a only fans?"*, preguntó Echeverry.

-*"Casado por 34 años, misma mujer, mismo domicilio por los últimos 25 años, bastante rutinario, no fuma y poco alcohol social cada mes, ahorros sin exceso, no only fans o alguna parecida en sus cuentas de teléfono o crédito, jejeje… un tipo aburrido"*, respondió Frederick

-*"Busca sus últimas actividades profesionales, cayos que pisó, algún político incomodo, etc."*, dijo Echeverry mientras giraba su cuerpo en señal de necesitar trabajar en sus casos, como cortando la conversación abruptamente.

Frederick lo entendió y, sin despedirse, se alejó para sentarse en su escritorio.

-*"Buen tip, gracias detective"*, le dijo desde lejos.

La mañana avanzaba y Echeverry sentía que estaba atrasado en sus casos.

Abrió sus carpetas y vio la fecha de apertura del caso Gabrielle

Avinston.

-*"Diablos, no he podido cerrar este caso tan simple,
esa señora se intentó suicidar, no sé qué más hacer
con el caso"*, pensó con algo de molestia.

Tomó el teléfono y marcó el número del doctor Kaffman.

-*"Doctor Kaffman le habla el detective Echeverry, quisiera reunirme
con usted en algún momento del día a su conveniencia, sé que está
usted muy ocupado con sus pacientes"*, dijo con prisa Echeverry.

-*"No hay problema detective, ahora estoy visitando uno
de mis pacientes, pero podríamos encontrarnos a la hora
del almuerzo en un restaurante en la 116 y Stephen
Foster Ave, ¿qué le parece?"*, le dijo George.

George ya llevaba unas horas en casa de Gerald Rapster, su paciente de mayor edad, siempre acompañado de alguno de sus hijos o nietos, 99 años y solo sufría de gripas cada dos años, de mediana estatura, tez blanca, con pocas arrugas, dientes bien cuidados, limpio, con músculos casi ausentes en sus brazos y piernas que mostraban la piel que colgaba hacia abajo por la falta de tejido graso como resultado inexorable del tiempo, siempre se negó a tomar cualquier medicamento, aunque en algún momento se le prescribió Acido Valproico, pero apreciaba el trabajo de los médicos. Su familia había sido igual de longeva que él.

-*"He tomado todo el alcohol que he querido, he comido todo
lo que me han servido y he bailado con todas las mujeres
que me lo han pedido doctor, y no logro morir, ya estoy
aburriendo a todos en este mundo, ¿no le parece?... jajaja...
¿hasta cuándo?"*, dijo Geraldine en tono jocoso.

-*"Cómo llegó usted a los cien años en tan buena condición
señor Rapster, ¿cuál es su secreto?"*, preguntó George con
curiosidad, mientras auscultaba sus pulmones.

-*"Es cuestión de hacer lo que se le ocurra a uno doctor
Kaffman, ser feliz, no hay secretos"*, dijo Gerald.

Por un momento quedó en silencio, como ausente de ese
momento, con la mirada fija.

-*"Cuídese de Leonard, lo está siguiendo de cerca, él sabe
todo de usted"*, oyó George del señor Rapster, sin siquiera
ver mover sus labios, solo percibía las palabras que
le hicieron erizar la piel, sintió palpitaciones.

George quedó paralizado, trataba de entender lo que ocurría,
como ese señor, sin ninguna relación aparente con Leonard
podría hacerle llegar eso que, claramente para él era un mensaje
de advertencia.

-*"¿Cómo puede saber que tengo planeado reunirme con el
detective?"*, pensó George con un temor que lo paralizaba.

Pocos segundos después Gerald parecía tomar contacto
nuevamente con el momento.

-*"¿Qué sabe usted de Leonard Avinston señor Rapster, de donde
lo conoce?*, preguntó George, solo nombrarlo le causaba temor,
sentía que le respiraba en la nuca, que dominaba su mente,
pero probablemente la de muchas personas a su alrededor.

-*"¿Quién es ese?*, preguntó confundido Gerald, *"a duras penas *se quién soy yo, jajaja",* terminó diciendo en tono jocoso.

George decidió terminar la consulta antes de lo esperado, se sintió vulnerado, especialmente porque si tenía planeado hablar con el detective que, aunque no conocía, si sabía que estaba investigando el caso, porque ya había estado en su casa.

-*"Señor Rapster, debo irme ahora, pero voy a planear una nueva visita en dos semanas, mientras tanto quiero que se tome estos exámenes de laboratorio y voy a pedir que se me envíen los reportes de sus médicos previos",* le explicó mientras le entregaba una orden de los exámenes a realizar antes de la próxima visita.

-*"Gracias por su visita doctor, es usted un buen hombre, lo espero en dos semanas",* le respondió extendiendo su mano para tomar la orden.

El detective Echeverry ya se encontraba conduciendo su auto en camino a la 116 con avenida Foster, donde se encontraría con George. Como siempre lo hacía, venía oyendo de su teléfono, conectado al sonido de su auto, en volumen alto, canciones de promesas jóvenes que iban surgiendo del folclor vallenato de su tierra.

Después de oír con atención el programa de Jacobo Fonseca *"Parrandas Vallenatas",* buscaba la última canción de Esteban Nieto, a quien él seguía con interés desde que se inscribió para participar con su canción *"Bendito Valle",* junto a Juan Payares, gran acordeonero, para participar en el importante festival vallenato. Era su pasión, su forma de liberar el estrés diario, de poner a volar su mente usando las descripciones de esas regiones que añoraba desde que salió de Colombia siendo todavía muy joven.

-*"Ese muchacho va a llegar lejos, buena voz y composición impecable"*, pensaba mientras sonaba la canción y el seguía el ritmo con sus dedos en el timón.

Él llegó antes que George al punto de encuentro, no podía evitar pedir algo que saciara su apetito en ese momento, sin embargo, se abstuvo pensando en la advertencia de Silvia de evitar subir su peso.

Se sentó en una mesa próxima a la ventana, desde donde tenía una visión amplia del lugar, le gustaba observar el comportamiento de la gente, veía caras, posiciones, situaciones, se imaginaba conversaciones de las personas reunidas en las mesas vecinas... definitivamente espíritu de investigador.

Después de veinte minutos, apareció en la puerta George, supo que era él, porque ya había visto su foto, pero, además, la forma de vestir que definitivamente lo delataba como médico, así como la actitud de quien intenta reconocer a la persona con que se va a encontrar, pero que nunca ha visto antes

El detective levantó su mano para guiarlo. George lo vio e inmediatamente se dirigió a él.

-*"¿Detective Echeverry?,* preguntó mientras extendía su mano para saludar.

-*"Soy yo doctor Kaffman, un placer conocerlo, siéntese por favor",* respondió en tono amable.

La mesera se acercó y pidieron un café con pan baguette que se olía fresco y fue la tortura del detective desde que entró al lugar.

-*"Conocí a su novia doctor Kaffman… el día en que estuve en su apartamento… muy simpática, inteligente mujer, ¿planes de matrimonio cerca?"*, dijo Echeverry como rompiendo el hielo.

-*"No lo creo detective, aún debo afianzar mi práctica, además no me gusta la idea de perder mi privacidad… soy un hombre complicado"*, respondió.

-*"Tengo curiosidad por el caso de su paciente, la señora Avinston, Gabrielle Avinston… ¿Qué cree que le sucedió?"*, preguntó el detective mientras levantaba su taza de café que humeaba.

George sentía que debía ayudar en la investigación al detective, tenía la información, sabía de la intención del esposo…

-*"Cuidado con lo que dice doctor, usted sabe que está cerca al fuego y podría quemarse, yo puedo hacer que se queme en el infierno… ¿por qué se acerca tanto, acaso quiere que se sepa todo?, yo puedo incriminarlo fácilmente, usted lo sabe…"*, oyó la voz de Leonard.

La oyó tan claro como si estuviera en ese lugar, como si observara sus movimientos, peor que eso… que invadía su mente de una forma que no podía evitar.

-*"Parecería que ella intento suicidarse detective…"*, detuvo abruptamente la frase, como si le faltara decir algo.

-*"¿Pero…?*, preguntó inmediatamente Echeverry acercándose un poco a él, como dándole la confianza de hablar.

Era claro para George que debía mentir en ese momento, se sentía acechado por Leonard, al menos por su mente.

-*"No sé detective"*, respondió George como titubeante.

-*"¿Fue usted quien puso la denuncia de intento de asesinato doctor Kaffman?*, preguntó, mientras notaba que George miraba a su alrededor, como con miedo.

-*"Así es detective"*.

-*"¿Por qué acusó al esposo, el señor Leonard, que evidencia tenía?"*, seguía preguntando Echeverry.

George miró a los ojos del detective en ese momento, el conocía su habilidad para extraer información del cerebro de sus pacientes, quería usar esa habilidad para saber que pensaba Echeverry en ese momento.

-*"Leonard me contó todo sobre usted bastardo, sé que miente, sé que usted lo hizo, confiese, para que su mente débil por fin descanse"*, oyó del detective, que se mantenía en silencio, esperando una respuesta, sin musitar una palabra.

George se llenó de pánico, sentía evidente que había una confabulación del detective con Leonard.

-*"¿De dónde sacaría esa señora, que no tenía ninguna condición médica, el Fentanilo?"*, preguntó el detective.

-*"No lo sé detective, es un medicamento controlado*

estrictamente en las farmacias, asumo que vendría de las calles, hay mafias dedicadas a traficar cualquier tipo de drogas, usted debe saber más de eso que yo detective", le dijo George, evidentemente incomodo con la conversación.

-*"¿Cree que en esta pequeña cuidad exista ese comercio doctor?"*.

-*"Claro que sí, de hecho, mientras hacia mi residencia en Louisville, en el mismo hospital varias veces me ofrecieron, había mafias dentro del hospital que movían ese tipo de drogas detective"*, respondió George con aire de autoridad en el tema.

-*"¿Por qué acusó a Leonard Avinston doctor Kaffman?"*, volvió a insistir el detective.

-*"Él mismo me lo reveló"*, respondió George.

-*"¿Le dijo que intentaría asesinar a su esposa?"*, preguntó curioso Echeverry.

-*"No exactamente detective, pero yo tengo una habilidad especial para captar lo que otras mentes piensan… así lo percibí"*.

El detective quedó unos segundos en silencio, no sabía que decir ante eso, tal vez nunca había tenido que oír algo así, pero sentía curiosidad viniendo de un científico, un médico de prestigio.

-*"Entiendo entonces que, aunque no se lo dijo físicamente, usted logró captar su pensamiento al respecto, ¿es eso correcto?"*, terminó preguntando Echeverry.

-*"Correcto detective"*, respondió.

-*"Se que está ocupado doctor... solo una última pregunta... ¿usted le dijo al señor Avinston que su esposa era muy parecida a su madre?"*, preguntó Echeverry.

-*"¿Eso le dijo Leonard?"*, preguntó.

-*"Lo pregunto por una razón doctor Kaffman, hay una persona desaparecida en Carolina del Norte, una mujer, que, para mí, es muy similar a la señora Avinston, eso me hizo preguntar al señor Avinston un día en el hospital, él me dijo que casualmente usted comento eso acerca del parecido de su esposa con su madre"*, explicó el detective mientras desdoblaba la foto de personas perdidas en otros en su bolsillo señalando con su dedo índice específicamente a *"Jeimmy Morelos"*.

-*"Tal vez se parezca en algo, pero no mucho"*, dijo George como restando importancia, *"creo que tendré que irme ya detective, se me hace tarde"*.

-*"Claro doctor, agradezco su ayuda, me mantendré en contacto si sabe de algo que me ayude en la investigación"*, concluyó diciendo Echeverry con una sonrisa.

Echeverry estuvo unos minutos sentado en esa mesa como tratando de digerir la información del caso, pero también con algo de sentimiento de frustración.

NUEVA INFORMACION

El teléfono del detective Echeverry sonaba insistente, él apenas lograba abrir sus ojos esa madrugada. El reloj mostraba 6:00 a.m. En la pantalla aparecía "Alfredito M, DEA". Puso el teléfono en su oído.

-*"Albóndiga, no podía esperar para hablarle, es tu amigo, Alfredito... te tengo información"*, le dijo Alfredito.

-*"Cuéntalo todo salvaje tempranero"*, le dijo bromeando Echeverry mientras se sentaba en el borde de la cama con lentitud.

-*"Tenemos un caso abierto en un hospital en Louisville acerca de robos continuados de Fentanilo, creemos que es vendido en las calles".*

-*"Envíame la información, si hay arrestados, me gustaría hablar con ellos"*, dijo Echeverry.

Se acostó nuevamente en la cama con los brazos detrás de la cabeza como analizando, pensando su próximo movimiento.

-*"Es un caso tonto, pero se ha complicado un poco"*, pensó.

Minutos después se levantó de la cama llamado por su esposa para desayunar, empezaba su ritual mañanero.

-*"¿Crees que uno pudiera escuchar la mente de otras personas?",* preguntó a su esposa mientras desayunaba.

Ella vigilaba la cantidad de mermelada de guayaba que aplicaba a su tostada.

-*"Nunca oí de eso, pero hay reportes de hermanos siameses que lo hacen... los vi en televisión hace mucho tiempo",* dijo ella mientras retiraba el frasco de mermelada de la mesa.

Después de terminar su desayuno, se levantó de la mesa y se dirigió a su cuarto, tomó el teléfono y marcó a la unidad de cuidado intensivo del hospital, pidió hablar con el doctor Zulian.

-*"Doctor Zulian, espero todo este bien, ¿ya lograron extubar a su paciente Avinston?,* preguntó, *"necesito hacerle algunas preguntas",* siguió diciendo sin pausa.

-*"Está mostrando signos de recuperación",* creo que es cuestión de cinco días más, si no avanza, me toca ordenar una traqueostomía, aunque... por alguna razón su esposo está tramitando la posibilidad de realizar eutanasia",* anunció el doctor.

-*"¿Eutanasia?... ¿acaso está loco?, ella no está en muerte cerebral doctor, además es ilegal en este estado, eso no va a proceder... gracias, manténgame informado por favor",* respondió Echeverry.

Mientras conducía su auto hacia la estación de policía, no podía esconder la sorpresa de la petición del señor Avinston de realizar eutanasia en su esposa. Pensaba en silencio, cuando tuvo una especie de premonición, de anuncio que llegó a su mente.

-*"Esa señora desaparecida en Carolina del Norte, coincidencialmente se parece a la señora Avinston, ¿tendrá algo que ver con ella?, no lo creo, el señor Avinston me lo hubiera dicho, o... quizá no me lo quiera decir... le mostré la foto en el hospital... era obvio el parecido",* pensó Echeverry mientras acomodaba su música en el equipo de sonido del auto.

Minutos después se encontraba en la oficina...

-*"Nathalie, por favor averígüeme el último sitio donde fue vista esta persona desaparecida",* le dijo el detective a su asistente mientras le mostraba la fotografía de Jeimmy Morelos.

-*"Inmediatamente detective",* respondió su asistente.

-*"¿Por qué súbitamente eso me vino a la mente?, fue como un llamado, simplemente lo sentí de pronto... que raro",* pensó Echeverry.

Pasó varias horas en el escritorio leyendo informes de otros casos de personas desaparecidas en Bardstown, muchos de los casos resueltos se referían a hallazgos en los túneles subterráneos que atravesaban ese pueblo por debajo.

-*"Rinnnnggggg, Ringgggg",* sonó el teléfono del detective.

-*"Detective le habla Frederic, me gustaría que viniera, encontramos el cuerpo sin vida de un hombre, en alto estado de descomposición, pero la ropa que llevaba parece corresponder a la descripción de la que llevaba la última vez que se le vio con vida el doctor Mort, el psiquiatra de Louisville del que le hablé que se encontraba desaparecido".*

-*"¿Dónde lo encontraron?"*, preguntó Echeverry.

-*"En uno de los túneles a las afueras de Bardstown, había sido visto en compañía de alguien más en una gasolinera cercana, trajimos perros rastreadores al lugar"*, respondió Frederick.

-*"¿Asesinato?"*, preguntó Echeverry.

-*"No lo sé detective, esperemos el informe del forense, le mantendré informado"*, dijo Frederick antes de despedirse.

Después de cerrar el teléfono, se quedó paralizado por unos segundos, analizando...

-*"¡Detective, en la línea tres esta la llamada que pidió, el centro de psiquiatría en Carolina del Norte, donde residía la señora Morelos!"*, le gritó Nathalie desde fuera de la oficina.

Echeverry tomó el teléfono en su mano y presionó la línea tres.

-*"Habla el detective Echeverry, ¿con quién hablo?"*, dijo presuroso.

-*"Habla con Sebastián, el administrador del centro detective, ¿en qué puedo ayudarle?"*, preguntó.

-*"En el departamento de policía de Bardstown, Kentucky estamos ayudando en la búsqueda de la señora Jeimmy Morelos, ¿sabe usted en qué circunstancias desapareció de un lugar con cuidado especial como ese don Sebastián?"*, preguntó el detective con tono de reto.

-*"Al parecer escapó, nunca hubo rastros de ese hecho, su hijo fue quien notó que no estaba en su habitación cuando llegó de visita"*, dijo Sebastián.

-"*¿Alguna observación especial señor
Sebastián?*", preguntó el detective.

-"*Solo que, en mi opinión, ella no hubiera podido hacerlo sola,
no solo por sus condiciones o los medicamentos que le dábamos,
pero porque es un establecimiento muy seguro*", dijo.

Después de varias preguntas, el detective se despidió dejando el contacto en su teléfono para llamar en caso de nuevas noticias.

Se recostó hacia atrás en su silla pensativo, como tratando de entender la información que tenía.

Su teléfono sonaba insistente hasta que se decidió a responder.

-"*Confirmado, el cadáver es del doctor Mort, identificado por,
su licencia de conducir que encontramos con él, su análisis
dental y datos suministrados por su esposa, causa de la
muerte todavía desconocida, pero no hay señales de heridas
por arma de fuego, está pendiente la evaluación forense, voy
para allá y hablamos personalmente de lo que hallamos*",
dijo al otro lado de la línea el detective Frederick.

-"*Acá te espero hijo*", respondió Echeverry.

En un intento por despejar su mente para intentar producir ideas, Echeverry sacó su pequeño libro de Sudoku, en la página de "*nivel de dificultad máxima*", notó que ninguno de los juegos que empezó, logró terminar, así que movió las páginas atrás hacia la sección "*nivel de dificultad intermedio*", donde concentró su atención sin interrupción, no sin antes acomodar un pequeño ventilador de suelo que sonaba como un camión y se movía con cada giro, esperando encontrar alguna inspiración para continuar con su trabajo.

Una hora después el detective era despertado por su colega, el joven Frederick.

-*"Detective Echeverry, ¿me escucha?"*, preguntaba insistente mientras movía su hombro.

-*"Perdón, no sé qué me pasó, quede dormido sin notarlo, seguro fueron pocos segundos"*, dijo Echeverry mientras limpiaba un poco de saliva que rodaba por su mejilla.

Al levantar la cara, era evidente la marca en su frente de la superficie del escritorio.

-*"Claro detective, seguro"*, dijo Frederic en tono burlesco.

Echeverry tomó algo de agua y se reincorporó en su silla como prestando atención a su colega.

-*"Soy todo oídos, ¿alguna evidencia de otros involucrados?"*, dijo con voz algo ronca.

-*"Encontramos algunas pisadas que parecen corresponder a botas para montañas, y otras que parecen ser idénticas a sus propias suelas, como si hubiera llegado ahí caminando con alguien, por el suelo húmedo quedaron impresas cerca al cuerpo, pero me llamó la atención que el cuerpo parecía en una posición relajada, como si estuviera cómodo"*, dijo Frederick.

Echeverry permanecía callado, como pensativo... súbitamente tomó el teléfono y digitó un numero predeterminado con el nombre de *"Alfredito DEA"*.

-*"Querido amigo, como vas, algo nuevo con respecto a la procedencia del Fentanilo en este estado?"*, preguntó sin esperar saludos.

-*Tenemos una línea de investigación bastante curiosa, involucra uno de los hospitales en Louisville, al parecer personal dentro el hospital, están envueltos en tráfico de este fármaco para hacerlo llegar a las calles, desafortunadamente, uno de los involucrados desapareció sin dejar rastro y se cortó el hilo de la historia, tengo gente en el caso por si surge un avance... te aviso"*, terminó diciendo y sin esperar respuesta, cortó la comunicación.

Echeverry quedó con el teléfono en la mano, pensativo, tratando de entender que hacía tan complicado un caso aparentemente fácil de resolver.

VISITA A CECILIA KIPPERMAN

El doctor Kaffman se preparaba para entrar en casa de su paciente Cecilia Kipperman, una contadora, de 65 años, retirada quien recientemente había perdido a su esposo víctima de enfermedad de Parkinson que avanzó hasta afectarle seriamente su corazón.

La enfermedad causó demencia y mucha limitación de sus movimientos.

Ella adelantó su retiro para ponerse al frente de la atención de su esposo, su único hijo vive en Canadá, se sobreponía a una insuficiencia renal que lo mantenía atado a una máquina de diálisis que le hacía difícil salir de Montreal.

A pesar del dolor y la soledad, Cecilia mantenía su casa muy limpia y organizada, con flores frescas y esencias de olor que hacía sentir confortable a George desde que entró al lugar.

En una pequeña esquina de la casa había un pequeño pedestal para la virgen de Fátima.

George debió esperar unos minutos hasta que Cecilia fue a su habitación a arreglarse después de haber pasado varias horas arreglando el jardín, aprovechando el día despejado y un clima favorable.

Caminaba lentamente alrededor de la sala, mirando los objetos y recortes de periódico enmarcados como guardando recuerdos.

-*"Todo es parte de mi historia doctor Kaffman, nada importante, ya debería cambiar todo acá"*, dijo Cecilia mientras se acercaba caminando desde el pasillo.

-*"Señora Cecilia, a veces los recuerdos nos hablan más que la realidad, nos persiguen, ¿no le parece?"*, dijo George en forma empática.

Se sentaron en la mesa del comedor, donde George acomodo su computador y lo prendió para revisar lo relacionado con la historia clínica de Cecilia, quien esperaba serena, sin apuro, de hecho, parecía sentirse cómoda con la visita.

-*"Se ve usted muy joven doctor Kaffman, ¿está casado?... ¿tiene hijos?"*, preguntó Cecilia mientras observaba los movimientos de George.

-*"Gracias Cecilia, no soy tan joven, pero no soy casado y no tengo hijos... creo que no está en mis planes... por ahora"*, dijo George con una sonrisa.

Mientras la miraba, sentía una especie de actitud sugestiva de aquella señora, que, a su edad, conservaba un cuerpo armonioso y evidentemente bien cuidado, unos ojos azules con pestanas grandes y un cabello largo de color castaño, adornado por algunas canas.

Su camisa dejaba ver el encuentro de la base de sus senos en el pecho y parecía no usar brasier.

George sintió algo de vergüenza cuando los ojos de

Cecilia dejaron en evidencia que estaba viendo su escote e inmediatamente desvío su mirada otra vez al computador.

-"Lo entiendo doctor, yo tuve uno que jamás veo, prácticamente vivo sola... tanto que no importa a qué hora usted venga acá estaré sola en esta casa", dijo Cecilia.

Ella hablaba mientras ponía su mano encima de la de él, como mostrando cariño. Tal vez...

-"Demasiado cariño".

George se sintió incomodo, no entendía la intención de Cecilia, simplemente le incomodaba.

-"Cecilia, está usted tomando su medicamento para osteoporosis y la vitamina D que veo en su lista de medicamentos de la interfase que tengo de la farmacia?", preguntó presuroso George.

Mientras preguntaba, movía su mano disimuladamente fuera del contacto con la de Cecilia.

-"No tengo Osteoporosis doctor, solo Osteopenia... por eso no tomo el Alendronato, solo la vitamina D, pero hago mucho ejercicio aérobico diariamente y algo de pesas... ¿se nota?", dijo ella.

Su sonrisa dejaba ver sus dientes blancos y perfectamente alineados.

-"¿Algo más está recibiendo en términos de medicamentos Cecilia?", preguntó George.

-*"Tengo un Pellet con reemplazo hormonal y Testosterona, tomo muchas vitaminas, me aplico muchas cremas, incluyendo estrógenos vaginales para no perder la humedad doctor... usted sabe...",* dijo ella.

Su voz llevaba cierto tono de coquetería.

George se levantó de su silla y se acercó a ella mientras se acomodaba el estetoscopio en sus orejas para auscultarla. Ciertamente se sentía algo incomodo, como observado.

Mientras auscultaba su corazón, ella respiraba fuerte, dejando salir un gemido fino y casi imperceptible al final de cada expiración.

Terminó su examen y se alejó rápidamente.

-*"Voy a dejar una orden para realizar laboratorios Cecilia, eso nos ayudara a saber cómo esta su sangre, su química, glucosa, colesterol y la función de su tiroides, también una orden para densidad ósea con el que vamos a ver cómo van sus huesos y la mamografía, ¿ya se hizo al menos una colonoscopia?",* dijo George evitando mirarla a los ojos.

-*"Hace solo dos años me hice colonoscopia doctor, ¿debo hacerla otra vez?",* preguntó Cecilia.

-*"No realmente, solo lo que le ordené... voy a estar pendiente de sus resultados",* dijo él, sin lograr evitar mirar los ojos de Cecilia que lo seguían con brillo.

George tuvo una sensación de frio en su cuerpo que lo abordaba progresivamente.

-*"Puedo entregarme a usted como mujer doctor,*
hágame suya ahora", escuchó de Cecilia, sin que
ella siquiera articulara palabra alguna.

Él sabía que estaba escuchando su pensamiento, que sus palabras no salían de sus cuerdas vocales, pero conocía su don, y ya no le temía.

-*"Señora Cecilia, yo estoy en una relación ahora, mi novia no vive en la ciudad, pero me visita cada fin de semana"*, le dijo George.

-*"¿Por qué lo dice doctor?"*, preguntó ella con
cierta actitud de curiosidad.

George no sabía cómo proceder en ese momento, ella parecía no entender la habilidad que él tenía para leer su mente en ciertos momentos.

-*"Por nada Cecilia, solo quería que supiera algunas cosas de mi vida, porque voy a ser su médico de ahora en adelante... solo eso"*, aclaró George algo nervioso.

-*"Quiero que sea mío doctor, he tenido muchos hombres en mi cama... falta uno como usted"*, oyó otra vez la voz de esa mujer que no salía de sus labios, pero si lo miraba fijamente.

George entendió que debía salir de esa casa rápidamente, cualquier involucramiento con pacientes sería un delito en su carrera, lo sabía bien.

-*"Debo irme ahora señora Cecilia, estoy algo atrasado para ver otro paciente en diez minutos"*, le dijo con prisa.

*-"Perfecto doctor, nos veremos en nuestra próxima
visita… lo acompaño a la puerta"*, dijo ella.

Esta vez desde sus labios, como si no supiera lo que George lograba captar de su pensamiento.

-"Cara de póker…", pensó George en silencio mientras la miraba.

Caminaron juntos por el pasillo hacia la puerta, y al llegar a ella, George la miró a los ojos y ella precisamente lo miraba con esos ojos azules, penetrantes.

*-"Leonard es mi amante, lo sé todo de usted, y lo quiero en mi
cama"*, percibió George de esa mujer, sin que ella hablara.

George sintió que sus piernas temblaban, no lograba entender lo que ocurría, como estaba involucrado Leonard con ella…

*-"¿Amantes?… ¿Tiene ella algo que ver con lo que ocurrió a Gabrielle
Avinston?… ¿quizá el motivo?"*, pensaba sin cesar George,
"¿Leonard me está tendiendo una trampa?", pensó George.

*-"¿Usted conoce a Leonard Avinston por casualidad señora
Cecilia?"*, preguntó George como enfrentándola un poco.

*-"Nunca había oído ese nombre doctor, ¿Por
qué lo pregunta?"*, respondió ella.

-"No sabes que sé lo que tu mente esconde hipócrita",
pensó George mientras la miraba con atención.

Para George era evidente que, aunque podía obtener información del pensamiento de otras personas, la comunicación no era de doble vía... excepto... Leonard.

-*"Leonard invadió mi vida, claramente tiene una relación escondida con esta mujer, por eso quería deshacerse de Gabrielle... ahora quiere involucrarme, su amante quiere seducirme... esto debe saberlo el detective"*, pensó George.

-*"¿Quién le recomendó tener mis servicios médicos señora Cecilia?"*, preguntó George en la puerta de salida.

-*"Leonard"*, escuchó George del pensamiento de ella sin que lo dijeran sus labios.

-*"Creo que mi agente de seguros lo hizo doctor, yo quería visitas en la casa y usted es el único que hoy día ofrece este servicio"*, dijo ella inmediatamente.

Esta vez su voz salía de sus labios.

George pensó en ser cauteloso, debía hacer que el detective investigara esa relación sin alertarlos, estaba evitando siquiera pensarlo, sabía que Leonard podría saberlo de su propia mente si el dejara escapar ese pensamiento.

Mientras caminaba a su auto, tomó su teléfono en la mano, mientras buscaba en su lista de contactos al detective Echeverry, oyó lo que temía oír...

-"Tenga mucho cuidado doctor, recuerde que se mucho de
usted, Gabrielle debía morir, era la única representante de
su madre en su vida, pero esa llamada podría enojarme…
no le conviene", escuchó de la voz de Leonard.

George miraba en todas las direcciones, se sentía observado, perseguido… en cierta forma humillado. No lograba entender como Leonard lograba estar presente en todos sus movimientos y peor… en todos sus pensamientos.

-"Debo conservar la calma, me voy a volver loco,
no puedo permitirlo, debo ser inteligente", pensó
mientras respiraba profundo.

Tomó su teléfono, buscó… *"Echeverry"* y marcó…

-"Deje su mensaje con nombre, fecha, hora y asunto, le devolveré
la llamada tan pronto sea posible… clic", oyó George.

George esperó unos segundos y prefirió cortar la comunicación.

ECHEVERRY EN EL TUNEL

El detective Echeverry conducía su auto en camino a la entrada de uno de los túneles situado a las afueras de Bardstown, al llegar, lo esperaba Frederick, que era un hombre blanco, delgado, bastante joven, de cabello castaño claro, cejas pobladas y una apariencia amable, algo inocente e infantil.

Se acercó al auto de Echeverry, con una cámara Cannon de lente largo, colgada en su cuello.

Había un cerco policial y varias patrullas con sus luces oficiales que Echeverry odiaba porque le cegaban cuando debía fijarse en detalles de las escenas.

Varios perros entrenados de policía todavía ladraban incesantemente.

-"¿Dónde encontraron el cuerpo del doctor Mort?", preguntó Echeverry.

Frederick levantó la cinta policial para que el detective pasara por debajo y sacó de su bolsillo una pequeña linterna tan moderna que alumbraba más que las luces de su auto. Caminaron uno detrás del otro por ese túnel que cada vez se hacía más oscuro, tratando de no cambiar las huellas que se habían encontrado en el suelo de barro del lugar.

-*"Huele mal"*, dijo Echeverry mientras sacaba un pañuelo
de su bolsillo trasero para llevarlo a su nariz.

-*"El cadáver fue llevado a medicina legal, pero parece que el
espíritu esta acá todavía detective… jajaja"*, bromeó Frederick.

Después de caminar dentro del túnel por cinco minutos,
encontraron el área marcada de amarillo con la silueta del
cadáver.

-*"¿Hay huellas de los zapatos del occiso?"*, preguntó
Echeverry todavía cubriéndose con el pañuelo.

-*"Algunas, parecería que alguien lo trajo medio
cargado, probablemente apoyándolo de un lado, sus
zapatos tenían suela plana, las otras huellas parecen
de suela montanera"*, explicó el joven.

Echeverry tomó su teléfono para enviar un mensaje a su amigo
Alfredito de la DEA.

-*"¿Te suena el apellido de un doctor Mort?"*,
escribió en forma de texto.

Siguieron caminando más profundo en ese túnel, hasta que la
humedad y el olor hicieron mella en Echeverry que hizo seña a su
joven acompañante para salir de ese lugar.

-*"Asegúrate de que le hagan test de droga al cadáver Frederick,
voy a tener que ayudarte en este caso, creo que es más grande de
lo que parece"*, dijo Echeverry mientras caminaba a su auto.

Mientras abría la puerta de su auto, observaba a los perros policiacos ladrar con ímpetu.

-*"¿Por qué siguen ladrando esos perros?... ¡tal vez deben darles algo de comer!!!"*, dijo gritando el detective.

Conduciendo su auto de vuelta a la oficina, entró un mensaje de voz al celular que interrumpió por segundos su música...

-*"Mort es persona de interés en el caso de Fentanilo, desapareció después de llegar a un arreglo con la fiscalía para obtener beneficios, lo iba a contar todo a cambio de casa por cárcel"*, decía el mensaje en voz de *Alfredito*, su amigo en la DEA.

Echeverry envió otro mensaje de voz en respuesta...

-*"Parece que el arreglo lo hará con el infierno... lo encontramos muerto en Bardstown, necesito más información de ese individuo".*

Con algo de frustración seguía pensando en silencio, tratando de poner en orden su pensamiento.

-*"¿Por qué el señor Avinston querría aplicar eutanasia a su esposa?, necesito un motivo... al menos uno para orientar esta investigación contra él"*, pensó, *"parece ser muy astuto, tiene apariencia inocente".*

Como si hubieran leído su mente, entró una llamada del doctor Kaffman.

-*"Echeverry acá"*, respondió.

-"Detective... ¿ya detuvieron a Leonard
Avinston?", preguntó George.

-*"Trabajo en esos temas doctor, solo deme un motivo, un
solo motivo para investigarlo como sospechoso",* respondió
Echeverry con un tufo de frustración en su voz.

George dejó un espacio de silencio, pensaba si en verdad era
oportuno dar esa información al detective, temía que no le
creyera.

-*"Una amante detective... confirmado",* dijo George.

-*"¿Cómo lo sabe doctor Kaffman?",* preguntó el detective.

-*"La conocí hoy, ella misma confesó",* Dijo el doctor.

-*"¿Espera que crea que la amante le confesó sin apenas
conocerlo que tiene una relación con el señor Leonard?",*
preguntó irónicamente el detective.

-*"Su mente me lo confesó detective, sé que no cree en
percepción extrasensorial, médiumnicos o fenómenos
mentales que están demostrados científicamente, pero
por lo menos téngalo en cuenta",* dijo George.

-*"Envíeme el nombre, dirección y teléfono de la persona,
yo mismo me encargo, gracias doctor Kaffman...",*
dijo Echeverry haciendo una pausa.

George envió casi de inmediato un mensaje con el contacto de Cecilia al teléfono del detective.

-*"Ahora que recuerdo doctor Kaffman... ¿su madre vive en Carolina del Norte?"*, preguntó el detective.

-*"Así es doctor, ¿Cómo lo sabe?"*, respondió George con curiosidad.

-*"Su novia me lo dijo el día en que estuve en su apartamento, solo por casualidad estoy apoyando el caso de una mujer desaparecida en ese estado... nada importante"*, dijo Echeverry.

-*"Ojalá pueda encontrarla detective"*, respondió George restando importancia.

Echeverry quedó un poco pensativo, pensando en algo que pudiera preguntarle al doctor Kaffman y que pudiera ser de interés.

-*"¿Doctor Kaffman, usted hizo su programa de residencia en Louisville?"*, preguntó.

-*"Así fue detective, ¿por qué lo pregunta?"*, respondió George.

-*"¿Por casualidad usted conoció a un psiquiatra apellido Mort en Louisville?*, preguntó Echeverry.

Un largo silencio siguió a la pregunta, parecía que George trataba de recordar el apellido.

-*"No lo creo detective, ese nombre no se me hace conocido, tal vez si veo su rostro me acuerde"*, respondió.

-*"Solo creí que lo conocía porque era profesor en su mismo hospital doctor, pero… es un hospital grande"*, dijo Echeverry.

Culminaron la conversación despidiéndose de forma amistosa.

Al llegar a su oficina, el detective buscó en el buzón de mensajes de su teléfono los datos enviados por el doctor Kaffman.

-*"Contacto Cecilia Kipperman…"* leía con atención.

Inmediatamente prendió su computador e inicio una búsqueda de ese nombre no solo en Google, pero también en la base de datos policíacos.

-*"Revelaciones mediumnicas…Roberto Fernandes"*, leía en la sección de libros disponibles acerca de percepción extrasensorial.

-*"No sería mala idea comprarlo, de pronto así me entiendo mejor con el doctor"*, pensó.

Dejó salir una sonrisa que salió de sus labios.

Dudó en llamar a esa señora, al fin y al cabo, no había ninguna prueba física o testimonio real de que fuera amante de Leonard, pero sentía que debía investigar un poco antes de hacer esa sospecha evidente.

-*"Ese podría ser el motivo"*, pensó Echeverry.

Mientras, mordía un lápiz entre sus dientes con la mirada al horizonte.

JESSICA DE VUELTA

Era viernes, y, como era costumbre Jessica estaba en Bardstown, fue a visitar a sus padres y llevarles algunos encargos que, casi sin falta su madre hacía cuando sabía que ella vendría.

Estuvo casi dos horas organizando el armario de ropa de su madre y después preparó un té de Camomila para su padre que, según su madre, había estado un poco agitado esos días.

Saliendo de casa de sus padres, ya montada en su auto, miró el reloj, eran las siete de la noche. Escribió un mensaje de texto a George que probablemente estaría ya en el apartamento esperándola.

Entró al apartamento y parecía estar en orden, era evidente que George no estaba ahí en ese momento. Como era su costumbre, echaba un vistazo primero a la parte trasera, pasando por la cocina y notó que todo estaba en orden, inclusive las botas de montaña que siempre encontraba sucias no estaban visibles.

Dejó su pequeña maleta en el cuarto y se sentó en la sala quitándose los zapatos para subir sus piernas en el sofá como para descansarlas después de un día largo.

Puso en su teléfono algo de música de Alejandro Fernández, pero cantada por un grupo del que ella era asidua, era el grupo *El*

Trio, eso la relajaba mientras ojeaba algunas revistas del mundo inmobiliario en Miami.

Las noticias del grupo inmobiliario más famoso del momento en Miami, *"The Juliao Group"*, le inspiraba para usar técnicas de venta similares en Louisville.

Pasarían cincuenta minutos antes de que apareciera por la puerta de entrada George, vestía ropa fresca, evidentemente sudado y usando las botas de montaña que derrochaban barro que se escurría en el piso en cada paso que daba.

Ella no pudo evitar llamarle la atención acerca de lo que veía...

-*"¡George estás ensuciando el piso con cada paso... para y quítate las botas antes de seguir, se ve hasta la marca en forma de S en cada huella que dejas!!!*, le reclamó ella.

Eso fue exactamente lo que hizo George, se detuvo y se quitó las botas montañeras quedando en medias que mojaban el piso por sudor. Se sentía un olor extraño, algo que ella nunca había sentido y que se fue disipando con los minutos.

-*"¿Dónde estabas?"*, preguntó ella.

-*"Fui a caminar, a hacer algo de ejercicio mi vida, a despejarme un poco"*, le respondió George.

-*"Pero tú no vas usualmente los viernes a caminar en la montaña, me sorprende amor, ¿te sientes estresado por algo?"*, le preguntó Jessica.

-*"Muchas cosas están pasando mi vida, pero es parte de mi trabajo... no te preocupes por eso"*, respondió el algo molesto.

Jessica prefirió cambiar de tema para no entrar en discusiones en ese momento. Hablaron de algunas ventas que había hecho en Louisville y planes de aumentar su negocio inmobiliario.

Así pasaron un par de horas mientras George preparaba un té para ella.

Después de dos horas Jessica no pudo mantenerse despierta y cayó en un sueño profundo. George la cargó en sus brazos y la acomodó en su cama con cuidado.

George se sentó en un sillón de su sala, dedicó un tiempo a leer artículos médicos y después de unas horas, mientras se acercaba la media noche recostó un poco la cabeza en el respaldar del sillón...

-*"Debes deshacerte de Jessica"*, oyó en ese momento.

Aunque no encontraba de donde provenía esa voz, sabía de quien era... *Leonard.*

Hizo un intento de tapar sus oídos, pero de nada servía, él lo sabía, Leonard invadía su mente y tenía el poder de hacerlo sin su voluntad.

-*"Sabes que ella está sospechando de ti... debes hacer lo mismo que hiciste con mi esposa... ¡ahora es la oportunidad!, esta dormida, ¡hazlo maldito cobarde!"*, seguía oyendo de la misma voz.

-"Esto es una pesadilla, maldito Leonard, déjame tranquilo, ¿por qué yo?... aléjate de mí", dijo George con voz casi imperceptible.

-"Porque conozco tu pasado, soy dueño de tu mente
maldito bastardo, se lo que hiciste... no sigas cooperando
con el tal Echeverry, te puede ir peor a ti... sabes
de lo que soy capaz idiota", oyó George.

Sin saber cómo llegó ahí, súbitamente se encontró en un túnel, que él reconoció, que probablemente en espíritu había visitado, o... quizá Leonard lo había transportado, lo hacía llegar a ese lugar sombrío y lúgubre.

Una fuerza que lo superaba sin tocarlo no lo dejaba detener, lo impulsaba a caminar más adentro, más oscuro, más oculto.

Otra vez sintió lo que tanto temía, en medio de la oscuridad, como iluminado flotaba ese bebe en sábanas que colgaban hasta el suelo, que lo miraba sin cesar, al pasar detrás de él, logró, por pocos segundos ver la figura de Leonard, parado contra la pared, observando, con sus brazos cruzados, inquisitivo, con esa actitud que lo caracterizaba desde que lo conoció... como si nada pasara...

Pronto apareció flotando en el aire la figura de su padre, con la misma herida de bala en la frente, que lo miraba sin cesar, fijamente. George sintió un frio especial que se acercaba a él por el lado, desvió su vista para intentar descubrir lo que venía acompañando ese viento gélido, pero no lograba divisar figuras concretas.

Se llenó de terror que no podía controlar, decidió correr, pero tropezó con esa tumba improvisada de la que salía una mano, cayó al piso sintiendo un golpe fuerte en la frente, en un intento por levantarse rápidamente, sentía que sus zapatos se atascaban en el barro, desato uno de ellos y siguió corriendo, podía percibir algo de claridad a lo lejos, entre más corría, más se alejaba esa luz, se sentía angustiado por salir de ese lugar.

Justo tomando una curva del túnel, que dejaba ver más cerca la salida apareció delante de él, como de la nada... Leonard.

Parado casi en el medio del camino con sus brazos cruzados, sus ojos lo miraban como iluminados, con aire inquisitivo que no podía evitar temer.

-*"Tengo acá, conmigo, alguien que vino a visitarte"*,
dijo señalando a su lado, *"¿lo conoces?"*, preguntó
Leonard mientras lo seguía con su mirada.

De la pared misma de ese túnel salió algo, como si se tratara de una sombra que va aclarando su imagen a medida que se desprende de la piedra, tomando la figura de un hombre de bigote bien cuidado, vestido de traje negro con corbata gris, y una bata blanca que dejaba ver en su bolsillo derecho un estetoscopio.

Ese hombre lo miraba fijamente como obligando a George que no desviara sus ojos de él, como si viniera de los mismos infiernos a señalarlo...

George trataba de aclarar su mente, estaba confundido por el golpe en su cabeza, no lograba entender lo que veía. Sentía que

Leonard cada vez le cerraba más los caminos, que no podía escapar.

Cerró los ojos y empezó nuevamente a correr pasando justo al lado de Leonard, sintió un frio sobrecogedor justo en ese momento, pero no dejó que eso lo paralizara... siguió corriendo sin parar, sentía un sudor frio en sus axilas, en su frente, no lograba controlar el temblor de su mentón.

Por fin vio a diez metros la salida de ese túnel, la luz se reflejaba hacia dentro costándose a menos de un metro de la entrada... solo debía correr unos metros más, pero...

Súbitamente se cerró la entrada de ese túnel, con barrotes de metal que hacían difícil pasarlo, y, a pesar de que él intentaba tocarlos, no lo lograba, como si estuvieran más lejos de lo que él podía ver, como si su vista lo engañara, se sentía agotado, sin fuerzas para seguir.

Miró hacia atrás y se percató de que todo lo que había visto dentro de ese túnel se acercaba, como buscándolo.

De pronto sintió como si se encontrara en una nube, en un sitio desconocido donde no había nada, donde no dolía nada, no sentía nada, todo era blanco, de temperatura agradable.

Cuando abrió los ojos vio a Florence junto a él, que estaba en el suelo, al lado del sillón de la sala, miró el reloj en la pared.

-*"8:00 a.m."*, dijo medio confuso.

-*"¿Qué haces hoy sábado acá Florence?"*,
preguntó George con curiosidad.

Ella sostenía un vaso de agua en su mano izquierda y una toalla con hielo en su mano derecha, que aplicaba contra su frente por varios minutos causando en George algo de dolor.

-*"Vine a recoger mi cheque de la semana doctor, ayer me atrasé en otras cosas y no vine a recogerlo, pero creo que la señora Jessica olvidó dejarlo en la portería, por eso subí..."*, hizo una pausa, *"lo encontré a usted en el suelo tirado al lado del mueble, parece que tiene un golpe en la frente... ¿sabe qué le pasó?*, preguntó ella.

-*¿Jessica dónde está?*, preguntó él, algo asustado.

-*"Está en su cuarto, pero no logré despertarla, parece que tiene un sueño muy pesado, jajaja"*, respondió ella.

Él se levantó lentamente, con dolor en cada hueso, se quitó las medias y caminó descalzo a la habitación, ahí estaba Jessica, acostada en la cama profundamente dormida. Él se cambió con ropa ligera y buscó en el cajón de la mesa de noche el cheque a nombre de Florence, lo puso en un sobre y salió a entregárselo.

De regreso a su habitación se acostó al lado de Jessica abrazándola...

-*"Eres lo único que tengo mi vida... te amo"*, le dijo en voz baja.

Poco después quedó profundamente dormido.

Jessica despertó en medio de una sensación de pesadez en sus ojos, camino hacia el baño, sentía su visión algo borrosa, no lograba enfocar bien su vista. Se paró frente al espejo, sentía algo extraño sus ojos, se acercó al espejo... le parecía extraño el tamaño de sus pupilas muy pequeñas.

-*"No había notado que mis pupilas fueran tan pequeñas"*, pensó mientras se acercaba al espejo.

Se lavó la cara con un poco de agua, se puso una bata encima y salió hacia la sala, al pasar al lado de George notó que roncaba ruidosamente, con episodios de apnea que hacía sentir que dejaba de respirar con cada ronquido.

-*"Nunca quiso hacer el test de apnea del sueño... creo que lo necesita"*, pensó mientras una sonrisa se escapaba de sus labios.

Jessica pasó por el frente de la cocina, puso a preparar el café y siguió su camino hacia la parte trasera del apartamento, parecía buscar algo, pero no sabía que era ese algo.

Se detuvo varios minutos observando algo que le llamó la atención...

Súbitamente la cafetera General Electric automática se sintió desde la cocina anunciando que el café estaba listo.

Pensativa se servía ese café caliente en una taza de oreja ancha que tenía la fotografía de los dos impresa en un lado, todavía sentía algo de nubosidad en su mente.

S EÑALES

Mientras revisaba los resultados de la autopsia realizada al doctor Mort, recibió la llamada del laboratorio de toxicología de la fiscalía.

-*"¿Detective Echeverry?"*, preguntó la persona al otro lado de la línea.

-*"Soy yo"*, respondió el detective.

-*"Le estoy enviando por el e-mail oficial los resultados de toxicología de muestras tomadas al señor Mort... le anticipo que encontramos una gran cantidad de Fentanilo en su sangre, no encontramos otras substancias, no dude en llamarme si necesita información adicional detective"*, informó el interlocutor.

Después de cortar la comunicación, Echeverry abrió su correo electrónico en búsqueda de lo enviado por el departamento de toxicología.

-*"Fentanilo..."*, dijo en voz baja.

Levantó el teléfono para llamar al hospital, marcando la extensión de la unidad de cuidado intensivo, preguntó por el doctor Zulian.

-*"¿Cómo ha evolucionado su paciente Gabrielle

Avinston?", preguntó Echeverry.

-*"Hay leve mejoría, logra respirar sola, ha despertado por momentos, aunque no logra comunicarse aún, creo que podría seguir mejorando"*, dijo el doctor Zulian.

-*"No deje de informarme cuando se pudiera lograr una comunicación con ella"*, dijo Echeverry.

Después de terminar la conversación, el detective se sentía algo confuso con la situación... parecía que la señora Avinston se recuperaba de una toxicidad severa por Fentanilo que la tenía al borde de la muerte y todavía se desconoce si hay otras secuelas neurológicas... ahora la situación de la muerte del doctor Mortis guardaba similitudes más allá de la coincidencia.

Tomó el teléfono y marcó el número identificado como *"Alfredito DEA"*.

-*"Amigo... ¿qué tienes para mí?"*, preguntó el detective.

-*"Hemos avanzado en el tema de la investigación, a pesar de que uno de los implicados, el doctor Mort, murió..."*, dijo Alfredito.

-*"Cuéntame acerca de eso, se hace cada vez más importante el camino del Fentanilo"*, le dijo Echeverry con curiosidad.

-*"No puedo decir nombres por esta vía, pero al parecer una red de empleados en el hospital extraía grandes cantidades de Fentanilo para ser vendido a traficantes que después lo distribuían en las calles. Hay implicados de todos los niveles, la muerte del doctor Mort nos complica una de las líneas de investigación porque él era una de las cabezas identificadas"*, explicó alias Alfredito.

-*"Estamos detrás de los detalles alrededor de la muerte del psiquiatra, curiosamente encontraron niveles muy altos de Fentanilo en su sangre, ninguna señal de violencia, creo que la investigación está siendo derivada a suicidio, pero yo tengo otras ideas... voy a mover un par de ramas a ver si cae alguna fruta, te avisaré... mantente en contacto"*, cerró la conversación Echeverry.

Por un momento el detective se mostró confuso, pero su cara reflejaba que su mente trataba de conectar terminaciones, de unir cables... Marcó en su teléfono al señor Avinston.

-*"Señor Avinston, le habla el detective Echeverry, no tomo mucho tiempo de usted, solo necesito que me responda una pregunta... ¿conoce al doctor Mort, psiquiatra en Louisville?"*, preguntó quedando después en silencio en espera de una respuesta rápida.

El silencio se prolongó por varios segundos en que Leonard se mantenía en silencio...

-*"¿Señor Leonard está ahí?"*, preguntó de nuevo Echeverry.

-*"Lo oí detective... ¿por qué lo pregunta, puedo saber?*, respondió Leonard.

-*"No por ahora señor Leonard, y puede abstenerse de responder si así lo prefiere"*, dijo el detective.

-*"Esta bien detective, es solo que hace parte de mi pasado, él fue mi psiquiatra por muchos años, lo voy a extrañar..."*, dijo Leonard interrumpiendo lo que decía súbitamente, *"debo dejarlo detective tengo que atender a la enfermera que cuida a mi esposa en este momento... que tenga buen día"*, terminó la conversación.

-"*Agradezco su respuesta señor Leonard, me mantendré en contacto*", cerró el detective.

Muchas cosas pasaron por la mente de Echeverry en ese momento, no esperaba que hubiera una relación explicita, que, sin ser ilegal, de alguna forma abría una posible luz en el camino.

-"*Lo voy a extrañar...*", pensó en silencio, "*¿acaso sabe que está muerto?*", se preguntaba.

El detective llamó al detective Frederick, después de un saludo cordial le dijo...

-"*Necesito que consigas la lista de pacientes que atendía el doctor Mort, con información de contactos y cualquier otra información que nos sirva... es posible que debamos unir investigaciones en este punto amigo*", dijo el detective.

-"*¿Algún nombre de interés?*, preguntó Frederick.

-"*Apellido Avinston*", respondió el detective sin dar más detalles.

El detective Echeverry se sentía cada vez más intrigado por lo que ocurría... un caso insignificante de una señora mayor que cae en el hospital se había convertido en...

-"*Una maraña difícil de desenredar*", pensó.

Seguía mirando entre los papeles y documentos que yacían encima de su escritorio, como pidiendo orden. Por un momento sintió la necesidad urgente de abrir la carpeta de información forense del doctor Mort, un llamado que parecía del más allá.

Sentía como si su mano fuera guiada a esa carpeta... sin explicación, solo lo sintió... y así lo hizo.

-*"Parece haber un lazo entre Mort y Leonard... al menos había una relación, aunque eso no demuestra nada"*, pensó, *"¿debo seguir jalando la cuerda por esa vía?"*, se preguntó mientras continuaba su pesquisa en esa carpeta.

Tomó el teléfono y escribió en un mensaje de texto al detective Frederick.

-*"Cecilia Kipperman"*.

Mientras lo hacía, como de la nada, aparecía en su pantalla una imagen en su buscador de Google... era la imagen de un túnel a las afueras de la ciudad. Lo reconoció... era el túnel donde habían encontrado el cuerpo sin vida del doctor Mort.

-*"Extraño"*, pensó mordiendo un lápiz.

Hizo clic en la imagen con curiosidad. Mucha información aparecía acerca de esos túneles que hacían de Bardstown un lugar de tono misterioso. Entre más leía, más curiosidad le generaba.

No sabía que le impulsaba esa curiosidad, ya conocía algo de esos túneles, sabía que escondían secretos que muchas veces no fueron revelados nunca, que permanecieron en silencio cómplice de su misteriosa oscuridad, que tal vez, solo esperaban por ser descubiertos...

El detective Echeverry sentía de pronto un impulso por saber más de ese lugar, su personalidad de sabueso no le daba tregua, siempre había sido un obedecedor de sus instintos, de su olfato.

-*"Debo ir a ese túnel, no sé por qué, pero debo ir"*, pensó
mientras se levantaba de su silla acomodando su pantalón
para permitir la comodidad de su abdomen prominente.

Mientras conducía, como era su costumbre, oía a muy alto
volumen música vallenata de origen colombiano, esa música le
transmitía felicidad, era su raíz. El camino, era tranquilo y fácil
de transitar, sentía como si se abriera para facilitar su llegada. No
quiso avisar a nadie que estaría en ese lugar, de hecho, pensaba
no demorarse demasiado en esa inspección.

Eran las 5:30 de la tarde cuando llegó justo enfrente de la entrada
de ese túnel. Todavía estaban en posición, aunque visiblemente
deterioradas y a punto de desprenderse, las cintas amarillas
que demarcaban la prohibición policiaca de entrar en el lugar.
Torpemente tropezó con esas cintas rompiéndolas a su paso.

Llevaba en la mano una linterna que sacó de su auto. A medida
que entraba en ese túnel, podía percibir un olor peculiar, como
a ceniza quemada y se hacía más oscuro. Debió encender la
linterna para guiar su camino, porque, aunque todavía no estaba
completamente oscuro, el suelo era irregular y por momentos se
encontraba con piedras que podía tropezar.

En algún momento la oscuridad hacía que dependiera
únicamente de la linterna para visualizar el camino. Evitaba
tocar las paredes húmedas y con moho.

No recordaba bien en que punto del túnel se había encontrado
el cadáver del doctor Mort, pero pensaba que en algún punto se

encontraría las marcas que dejaron los investigadores cuando lo encontraron... y así fue...

Se veían algunas cintas amarillas que aislaban un sitio especifico y que correspondía a lo que creía era el lugar del hallazgo. Hizo una pequeña inspección preliminar alrededor del sitio.

Notó la presencia de algunas huellas, tal y como las había descrito Frederick aquel día, pero...

    -*"Las huellas van más hacia el interior del túnel"*, pensó
    en ese momento mientras iluminaba el camino.

Decidió seguir esas huellas, que por momentos desaparecían, pero reaparecían intermitentes, definitivamente, entre más se adentraba era más fácil seguirlas, pero también se enrarecía más el ambiente, se hacía más pesado el respirar.

Al fondo se veía un punto de curva del túnel, y, a medida que se acercaba sentía la presencia de algo que lo observaba, como si alguien estuviera en ese lugar... además de él.

    -*"Hola... hay alguien ahí?"*, preguntó con
    voz un poco temblorosa.

Al doblar la curva, sintió una brisa gélida, desagradable, que pasaba por su lado derecho, pero no lo sentía igual en el izquierdo, por momentos le parecía ver una figura sin forma específica en el suelo varios metros adelante, pero, por más que intentaba iluminarlo con su linterna, no lograba identificar lo que era. Se acercó para identificar mejor lo que veía... parecía una tumba improvisada, pero sobresalía de ella la osamenta de una mano. Se horrorizó, no podía entender lo que veía.

Casi de inmediato, otra brisa fría le rodeaba como si observara lo que hacía. A pocos pasos del lugar, mientras rastreaba con su linterna alrededor de esa tumba, logró ver algo que parecía estar atascado en el barro seco del suelo. Intentó caminar hacia él, pero sin avisar... su linterna se apagó calentándose en su mano.

Entró en una especie de pánico, todavía sentía esas ráfagas de aire frio que ya, para ese momento congelaba hasta sus huesos, sabía la dirección de la salida de ese túnel, pero sentía miedo de transitarlo en medio de la oscuridad absoluta de ese lugar. Golpeó varias veces su linterna intentando hacerla trabajar, pero eso no ayudó.

Llevó su mano al bolsillo intentando encontrar su teléfono... no estaba, lo había dejado en su auto, conectado a su sistema de música. Desenfundó su pistola nueve milímetros quitándole el seguro, aunque no había la más mínima luz... no sabía a qué apuntar.

Mientras intentaba devolverse en sus pasos de entrada, tropezó contra la pared de piedra del túnel, cayó en el suelo y sintió la presencia de algo o alguien que se acercaba hacia él, sin que pudiera verlo, una respiración que se acercaba. Apuntó su arma a ciegas, en dirección a lo que percibía, pero antes de que pudiera disparar, sintió un golpe seco y fuerte en su cabeza.

Perdió el conocimiento.

E CHEVERRY SE DESPIERTA

Con poca fuerza, incapaz de moverse, somnoliento, aturdido abría los ojos el detective Echeverry, no entendía lo que pasaba, estaba respirando a través de un tubo que atravesaba su tráquea, conectado a un respirador mecánico y lo rodeaban varios médicos y enfermeras.

Su mente estaba muy confundida y a duras penas podía mantener los ojos entreabiertos

-*"Aumente el goteo de Propofol Julia, el paciente está despertando... lo necesitamos completamente sedado y relajado"*, ordenó el doctor Zulian a la enfermera.

Así se hizo... se aumentó el goteo de Propofol y el Echeverry cayó nuevamente en un sueño profundo.

Silvia se encontraba ya en la sala próxima a la emergencia en espera de noticias, fue informada por el departamento de policía que el detective se encontraba en mal estado.

-*"Señora Echeverry, soy el detective Frederick, compañero de trabajo de su esposo, es un placer conocerla"*, le dijo extendiéndole la mano

Ella se levantó de su silla abruptamente, con mirada de

desconcierto, preocupación y angustia a la misma vez

-*"Qué le pasó a mi esposo?"*, preguntó presurosa.

-*"No sabemos todavía, recibimos un reporte de un auto estacionado
en la entrada de uno de los túneles en la entrada de la ciudad
que estaba sellado por investigaciones policiales, cuando
entraron los agentes encontraron al detective inconsciente en
el suelo, respiraba con dificultad, sangraba por su cabeza por
lo que pensamos que se golpeó contra una roca, probablemente
tropezó, no hay signos de alguien más en el lugar, aunque es
de difícil acceso, los paramédicos lo intubaron y lo trajeron de
inmediato al hospital"*, explicó Frederick con paciencia.

-*"¿Está bien?,* preguntó ella con angustia.

-*"Está bien, es cuestión de recuperarse… yo estaré
pendiente de él, cualquier cosa que necesite, no deje de
llamarme"*, le dijo Frederick en tono conciliador.

Saliendo de la pequeña sala, Frederick fue abordado por el doctor
Zulian.

-*"Detective, si tiene un segundo quisiera comentarle algo"*, dijo el
doctor Zulian mientras extendía su mano en señal de saludo.

-*"Claro doctor, ¿Qué sucede?"*, preguntó el detective.

-*"Creo que podría haber algo importante, hay una señal en
el brazo del detective Echeverry que me hace pensar que se
hizo o se intentó canalizar una vena"*, dijo el doctor.

-*"¿Por qué habría esa señal, que significa eso
doctor?"*, preguntó Frederick.

-*"Tomé muestras de sangre para toxicología por precaución por ese
hallazgo... el resultado me sorprendió... Fentanilo"*, dijo el doctor.

Frederick se mostró sorprendido por la noticia, no entendía lo
que estaba sucediendo.

Mientras se encontraba conversando con el doctor Zulian, fueron
interrumpidos por Leonard Avinston.

-*"Hola doctor estaba visitando a mi esposa... siento mucho
lo que sucedió con el detective Echeverry"*, dijo Leonard.

-*"¿Quién es usted?... ¿cómo sabe de lo ocurrido
al detective?"*, preguntó.

-*"Acabo de enterarme, como todos acá... me imagino"*,
respondió Leonard alejándose mientras se dirigía
a la unidad de cuidado intensivo.

Frederick se mantuvo unos minutos estático, veía como ese
hombre se alejaba lentamente...

-*"Que extraño es ese hombre"*, pensó siguiéndolo con
su mirada hasta que desapareció de su vista.

-"Es el esposo de una paciente que está en la unidad de cuidado intensivo... intoxicada por una sobredosis de Fentanilo", aclaró el doctor Zulian.

Frederick se despidió del doctor Zulian, entró en la cafetería del hospital y se sentó a responder mensajes en su teléfono.

Mientras tomaba su café recibió la llamada de alias Alfredito.

-"Detective Frederick, se lo que ocurrió con Echeverry, estoy investigando el caso del robo de fentanilo en hospitales de Louisville y él ha estado en contacto conmigo por ese caso. ¿Cómo sigue?", preguntó.

-"Estable, creo que no va a pasar a mayores, está despertando y el parte médico es positivo... solo hay algo que me tiene pensativo... ¿Por qué tendría Fentanilo en su sangre?", preguntó con curiosidad Frederick como para sí mismo, pero en voz alta.

-"Extraño... pero también extraña la situación en que se encontró, ¿Qué hacía en ese túnel?", respondió alias *Alfredito.*

-"No lo sé aún, pero conozco a Echeverry, es porfiado, cuando surge una idea, el mismo investiga, cuando despierte sabremos mejor...", hizo una pausa antes de seguir, *"Leonard Avinston... ¿te suena ese nombre?, parecería que todo lo que lo rodea está impregnado de fentanilo... ¿podemos conectarlo de alguna forma con la actividad del doctor Mort?... ¿además de ser supuestamente su paciente?",* dijo Frederick como hablándose a sí mismo .

Al tiempo estaba esperando comentarios de alias Alfredito.

Se despidieron acordando comunicarse nuevamente para resolver esas preguntas. Frederick continúo respondiendo mensajes mientras terminaba su café, ya frio en la mesa de la cafetería. La mayoría de los mensajes tenían poca relevancia, pero uno en especial llamo su atención.

Tomó una servilleta y la extendió completamente sobre la mesa, tomó su lapicero y con cuidado de no romper la servilleta, dibujaba una especie de organigrama con las conexiones que todo el caso que venía siendo investigado por Echeverry tenía y la relación con su caso del doctor Mort.

Pensaba que podía haber una relación, que no parecía coincidencia, del motivo de la muerte de Mort con la causa de hospitalización y posible daño cerebral de la señora Avinston, pero además ahora los resultados de toxicología del detective Echeverry...

-*"En todos los casos hay evidencia de toxicidad por Fentanilo"*, pensó.

Las líneas se cruzaban para unir a los posibles implicados, ya había revisado las carpetas de Echeverry donde reposaban los interrogatorios que había hecho para el caso.

En un momento sintió que las ideas tomaban sentido, que se aclaraba su mente.

-*"Leonard Avinston..."*, pensó.

Se levantó y salió en su auto a la central de policía, su oficina, que compartía con Echeverry, debía aprovechar ese momento de lucidez para intentar aclarar lo que sucedía. Había partes de la historia de esa investigación que aún no entendía bien.

Al llegar, se sentó en el escritorio de Echeverry. Abrió una a una las carpetas marcadas con el nombre de "Avinston". Estaba tratando de aclarar cómo había iniciado esa investigación, tratar de encontrar un hilo conductor.

-*"Denuncia contra Leonard Avinston"*, leyó en el documento marcado con el número uno.

Leyó con atención el documento, tenía claro que, para completar su propia labor de investigación en el entramado del Fentanilo y la muerte de uno de los implicados en ese caso, debía también aclarar la maraña de lo que, para él, tenía relación directa y no casos aislados de personas que se encontraron muertas o en mal estado y cuya sangre mostraba indicios de Fentanilo.

-*"Gabrielle Avinston, Francis Mort y ahora el detective Echeverry... ¿cómo llegó a su sangre el Fentanilo?"*, pensó, *"debo encontrar el común denominador de los tres... ahí está la respuesta"*, seguía diciéndose a sí mismo.

Le llamó la atención el tipo de denuncia presentada en contra de Leonard Avinston, interesantemente estaba basada en la percepción mental de su médico de cabecera...

-*"Doctor George Kaffman"*, leyó , *"debo contactarlo"*, pensó.

Abrió la libreta de anotaciones con un directorio telefónico, llamó a George y le pidió encontrarse en una cafetería. George asintió y acordaron reunirse después de las seis de la tarde en una pequeña cafetería justo cerca del hospital.

Siguió leyendo las carpetas del detective Echeverry con atención... la carpeta marcada con el título de *"Personas perdidas fuera del estado de Kentucky"*.

-*"Jeimmy Morelos"*, leyó en la primera página.

Frederic continuó leyendo cada carpeta de Echeverry, estaba obsesionado por el caso, con rabia, por lo sucedido a su mentor...

Abrió la carpeta bajo el título: *"Gabrielle Avinston"*... por un momento quedó estático, callado, como pensando sin querer ser interrumpido. Abrió una de las carpetas que ya había visto y sacó la foto de Jeimmy Morelos justo al lado de la de Gabrielle.

-*"Woww, que parecidas son"*, pensó.

Abrió su laptop e ingresó en la página oficial del departamento de policía. Por largo tiempo se dedicó a entender cada detalle de las personas investigadas por Echeverry.

Después de varias horas, conducía su auto nuevamente hacia el hospital, quería volver a saber, de primera mano, acerca de la salud del detective... su mentor.

Al llegar fue directamente a la unidad de cuidado intensivo, donde había sido ingresado por estar en ventilación mecánica.

Al entrar, su cama estaba vacía, el monitor todavía estaba

encendido y mostraba una línea recta que no detectaba señal, una empleada estaba limpiando y el piso y arreglando el cuarto, seguramente en preparación para el próximo paciente y una enfermera recogía en una caja las pertenencias que claramente eran del detective, su reloj ciertamente de bajo costo, su cinturón con manchas viejas de café, sus zapatos, llenos del barro del túnel...

Entró en pánico, sabía lo que significaba cuando una persona en estado crítico de pronto ya no estaba ocupando su cama...

Dio vuelta para ver al doctor Zulian que se acercaba mirándolo fijamente mientras ponía su mano en su hombro.

-*"Definitivamente el detective es porfiado"*, dijo con una sonrisa.

-*"Hasta para morir doctor... ¿Dónde está el cuerpo?"*, respondió Frederick con angustia.

-*"Lo trasladamos al cuarto de recuperación, aunque no creo que dure mucho tiempo ahí"*, respondió Zulian.

-*"¿Todavía está vivo?"*, preguntó el detective.

-*"Más que nunca detective, despertó súbitamente y el mismo se retiró el tubo de su tráquea, con algo de agitación, pero consciente y orientado, lo trasladamos a otro cuarto porque ya no requiere soporte del ventilador mecánico, pero hay que vigilarlo por una contusión cerebral, parece que el golpe fue muy fuerte, aunque no hay fracturas ni lesiones cerebrales importantes"*, explicó ampliamente el doctor Zulian.

-*"Si que es porfiado doctor, voy a hablar con él, no vaya a ser que se quiera ir a seguir investigando sin esperar a que le den de alta"*, dijo Frederic con una sensación de alegría en su cara.

Segundos después entró en la habitación, Echeverry se encontraba sentado en un sillón al lado de su cama, con una libreta de anotaciones que claramente había sido proveída por el hospital, enfocado en ese papel, escribiendo. Al ver a Frederic levantó su vista...

    -*"¿Quién es usted?"*, preguntó con una mirada
    perdida bajando la vista nuevamente.

Frederick quedó en silencio, no sabía que hacer, cómo manejar la situación.

-*"¿Perdió la memoria?, ¿no me reconoce?... esto va a ser devastador"*, pensó en silencio Frederick.

Después de unos segundos Echeverry levantó nuevamente su vista haciendo contacto visual con Frederick...

    -*"Estoy bromeando idiota, creen que se van a librar de mi tan fácilmente, jajajaja"*, dijo con una carcajada.

Hablaron por varios segundos de la preocupación del departamento de policía y ciertamente había varios arreglos florales con mensajes de recuperación para el detective.

Frederick leyó las tarjetas en voz alta para informarle a Echeverry acerca de ellos. Después de terminar, se sentó enfrente de él, y preguntó...

    -*"¿Qué pasó, porque estabas solo en ese túnel?, ¡espero tenga una buena explicación detective!"*, preguntó en tono de exigencia.

-*"Investigaba un poco lo sucedido con el doctor Mort,
porque creo que está relacionado con el caso que sigo
de la señora Avinston, solo se trataba de inspeccionar
la escena... encontré algo..."*, dijo Echeverry.

-*"De acuerdo, lo mismo pensaba hoy revisando ese caso en tu
oficina, ¿Qué encontró detective?"*, preguntó curioso Frederick.

-*"Más profundo, ese túnel esconde otros cuerpos, probablemente
otros delitos, estaba a punto de aclararlo cuando mi linterna se
apagó, al devolverme, sentí que alguien o algo se acercaba a mí...
no podría decir si es alguien o algo porque no podía ver nada,
pero sentí su respiración, lo siguiente que recuerdo es estar en el
hospital"*, contó Echeverry tratando de no omitir detalles.

-*"Ya tengo investigadores en esa cueva, vamos a rastrear todas sus
entrañas, le vamos a sacar toda la información que tenga, por ahora
descanse detective, yo me encargo hasta que salga"*, dijo Frederic
mientras se despedía para encontrarse con el doctor Kaffman.

F REDERICK

Ese día George visitaba a Cecilia Kipperman, se encontraba algo afanado por la cita que debía cumplir para encontrarse con el detective Frederick en la cafetería del hospital, porque sabía que le tomaría más de 20 minutos llegar al lugar.

-*"Sus resultados de laboratorio son excelentes, solo un poco de elevación del TSH, lo que significa probablemente que tiene un hipotiroidismo subclínico, aunque lo repetiremos en 3 meses para entender su significado real"*, decía George con el carisma que lo caracterizaba.

-*"No entiendo lo que significa eso, pero solo seguiré sus indicaciones doctor"*, respondió ella con la misma amabilidad que mostraba George.

George hizo una pequeña pausa, sintió que debía usar el baño antes de salir de esa casa y adentrarse en el tráfico rumbo al hospital.

-*"¿Puedo usar su baño doña Cecilia?"*, preguntó.

Ella señaló con su dedo índice la vía al baño de visitantes mientras echaba un vistazo a los papeles con los resultados de sus laboratorios que acababa de discutir con su médico.

Camino al baño sintió la voz que reconoció inmediatamente...

-*"Pronto se sabrá todo su secreto doctor, dejó muchas huellas de sus crímenes... yo me encargaré de sacarlas",* oyó de la voz de Leonard.

-*"Qué quieres de mí, eres un monstruo... aléjate de mí... déjame tranquilo",* pensaba en silencio George, que sentía un sudor frío en su cuerpo.

-*"Sé de su reunión con el detective... cuidado con lo que dices... estaré vigilando",* decía la voz que percibía clara y fuerte, como si estuviera presente... sin estar.

George entró al baño, al pasar al frente del espejo lo vio... ahí estaba, era él... Leonard, que lo miraba con esos ojos inquisitivos, que dominaban su mente desde que lo conoció, sentía que no tenía salida, que no podía librarse de su presencia.

Le dio un golpe fuerte al espejo que se rompió en muchos fragmentos que cayeron al suelo causando un estruendo que llegó a Cecilia, quien presurosa corrió al baño.

Abrió, sin tocar la puerta del baño, que estaba cerrada, pero sin seguro...

El doctor estaba paralizado, al frente del espejo ya roto, con su puño claramente herido y destilando sangre que caía escandalosa en el lavamanos.

-*"Fue un accidente, me iba cayendo y accidentalmente le pegué al espejo... yo pagaré los daños doña Cecilia, perdone la incomodidad",* dijo presuroso George.

Cecilia había tomado la toalla blanca que colgaba justo al lado del lavamanos y la mojó un poco, cubrió la mano del doctor mientras presionaba la herida para detener el sangrado.

George sintió alivio, por minutos estuvo inmóvil hasta que decidió ayudar a Cecilia a limpiar el lugar, recogiendo los trozos de vidrio y secando la sangre sobre el lavamanos, se sentía avergonzado por lo sucedido.

-*"Debo ir al hospital, en cuanto pueda yo mismo vendré a reemplazar el espejo doña Cecilia"*, le dijo mientras se disponía a salir de la casa.

-*"No se preocupe doctor, esos accidentes suceden, yo tengo un empleado que viene de vez en cuando a reparar cosas... lo que se presente... como esto"*, le dijo con una sonrisa amable.

En ese momento la mirada de Cecilia se cruzó directamente con la de George.

-*"Sé perfectamente a que le teme doctor... yo también le temo"*, oyó George sin que los labios de Cecilia siquiera se movieran.

George sabía que estaba percibiendo eso de su mente, entendía ese don que tenía.

-*"Debemos luchar contra ese monstruo, ha hecho mucho daño"*, pensó George sin hablar, con la esperanza de que ella percibiera su mensaje, así como el leía su mente.

Cecilia no parecía captar su mensaje o... pretendía no hacerlo, algo le hizo pensar a George que Leonard la vigilaba igual que lo hacía con él… lo dominaba, lo acosaba sin descanso.

Salió presuroso del lugar hacia el hospital y entró por urgencias, donde lo atendieron por las heridas. Necesitó seis puntos de sutura en su mano, con la fortuna de no comprometer ningún tendón o tejidos profundos. Vendado y con prescripciones para su dolor que ya empezaba a despertar, se dirigió a la cafetería para encontrar a Frederick.

-*"Doctor Kaffman"*, oyó mientras caminaba con cierta premura.

George se llenó de pánico cuando constató que se trataba de Leonard que caminaba hacia el como queriendo abordarlo.

-*"Estoy de afán ahora señor Leonard, ¿podríamos hablar en otra oportunidad?"*, preguntó George tratando de no mirar sus ojos.

-*"Solo quería preguntarle como podría haber llegado el Fentanilo a la sangre de mi esposa"*, le dijo mientras lo miraba fijamente.

Mientras George lo miraba a los ojos, percibió con horror lo que la mente de su verdugo decía sin hablar…

-*"Sé exactamente lo que ha hecho, lo puedo destruir revelando lo que sé de usted, sé lo de su madre, lo de su padre, lo del doctor Mort y lo del detective… lo sé todo… cuide a Jessica… puede ser la próxima"*, oyó George con temor.

Aunque no lo oyó de la voz de Leonard, le causó profundo temor que le advirtiera de su novia…

-*"¿Cómo sabe de Jessica?"*, se preguntó George en silencio.

A pesar de las ganas que sentía de golpearlo, al ver la actitud de Leonard, entendió que lo que buscaba era hacerlo perder el juicio, verlo desquiciado, para poder hacerlo sospechoso de lo que ocurriera, no solo con su esposa, pero también lo ocurrido al doctor Mort y el detective. Pero además entendió que Leonard, amenazó también a Jessica, su novia. Aunque no creía ser culpable, de algún modo sentía que si lo era.

-*"Debo guardar la calma"*, pensó sin hablar George,
desviando su vista de la de Leonard.

-*"De alguna forma llegó el Fentanilo a la sangre de su esposa Leonard, ya lo aclararemos… lo principal es que se recupere… ahí lo sabremos"*, dijo en voz titubeante George mientras iniciaba su camino hacia la cafetería.

-*"Gracias doctor"*, respondió Leonard que se mantenía de pie sin moverse mientras veía alejarse a George.

Mientras se alejaba de Leonard, sentía su presencia como respirándole al cuello… sentía su dominio.

Al entrar a la cafetería del hospital, identificó, como si lo conociera, al detective Frederick, sentado en una mesa mirando su teléfono. Se presentó y después de saludarse, se sentó en esa mesa.

-*"Debo ser directo con usted doctor… ¿basado en qué, denunció a Leonard Avinston?"*, preguntó Frederick.

-*"Es difícil de entender, a mí mismo me costó trabajo… tengo un don especial para captar pensamientos de mis pacientes detective, es una percepción extrasensorial... en el caso de Leonard, logré captar el plan que tenia de acabar con la vida de su esposa, en un principio no hice nada, pero después de ser hospitalizada, debí denunciarlo, aunque sabía que sería difícil de creer... era mi obligación protegerla"*, explicó George con voz calmada y coherente.

-*"De todo lo investigado hasta el momento, aparte de lo sucedido a su esposa, intoxicada con Fentanilo, no hemos encontrado vínculos que nos permitan acusarlo formalmente, si presentamos el caso a la fiscalía con lo que hay, perdemos la oportunidad de procesarlo"*, dijo Frederick.

-*"Él intentó involucrarme desde que lo conocí, siento que domina mi mente desde entonces... no es fácil de explicar, su mente es muy poderosa... más de lo que imagina usted, y, además, es capaz de mantener una postura inocente, desprevenida, como si no tuviera conocimiento de lo que sucede a su alrededor... yo sé mucho de su mente... lo he sentido"*, explicó George mientras observaba con cierto temor hacia la puerta de entrada, sentía que Leonard podría aparecer en cualquier momento.

-*"Dígame que líneas de investigación deberíamos seguir según lo que usted ha logrado obtener de la mente de este señor, lo que me diga será absolutamente confidencial"*, dijo Frederick.

-*"La muerte del doctor Mort, el trauma y la intoxicación del detective Echeverry, su esposa, pero, además, ha llegado al punto de amenazarme de hacerle daño a Jessica, mi novia..."*, dijo George con temor.

-*"¿Quién es Cecilia Kipperman?, qué papel juega en todo esto?"*, preguntó el detective.

-*"Es amante de Leonard... no estoy seguro si tiene algún papel en los crímenes que estaría cometiendo, pero ciertamente está relacionado con él",* respondió presuroso.

-*"¿Se lo confesó ella?",* preguntó Frederick.

-*"Si, sin palabras lo hizo, yo la oí claramente... directamente de su pensamiento",* respondió George.

-*"¿Cree que debemos investigarla también?",* preguntó el detective.

-*"Sin duda",* cerró la conversación George.

-*"Conocí a Leonard recientemente, tiene apariencia de un tipo decente, tranquilo",* dijo Frederick.

-*"Caras vemos, corazones no conocemos",* terminó diciendo George.

-*"¿Le tiene temor?",* preguntó el detective mientras se levantaba para despedirse.

-*"Siento que no es capaz de hacerme daño a mí, como si mi poder me protegiera contra él, pero temo por la amenaza que hizo en contra de mi novia",* dijo George dando la mano en señal de despedida.

George sentía que hacía lo correcto, debía ayudar con la investigación, Leonard lo enloquecía, lo acosaba mentalmente... lo dominaba.

Se despidieron y quedaron de acuerdo en intercambiar información cuando se hiciera necesario. George fue a su apartamento, Jessica llegaría a visitarlo por un par de días antes de viajar a una convención de inmobiliarios en Nueva york la siguiente semana.

Al llegar a su apartamento, Jessica lo esperaba sentada en la sala… pensativa.

-*"¿Te ocurre algo?"*, preguntó George con curiosidad después de saludarla con un beso.

-*"De hecho estaba pensando que quiero conocer a mi suegra… nunca me la presentaste, tengo curiosidad, creo que conocerla también me ayudaría a saber más de ti"*, respondió ella.

-*"Sería una buena idea mi vida, cuando regreses de Nueva York vamos los dos a Carolina del Norte y la visitamos… ¿te parece?"*, dijo el con cariño.

Esa noche decidieron no salir, pidieron Sushi a domicilio y vieron películas de televisión, Jessica debía conducir temprano de regreso a Louisville para tomar el vuelo a Nueva York.

ECHEVERRY SALE DEL HOSPITAL

Dos días después, mientras Frederick revisaba evidencias y papeles en su escritorio, oyó una voz que provenía de la puerta de la oficina...

-*"¿Nadie es capaz de regalarme un café en esta oficina?"*.

Frederic levantó la vista... el detective Echeverry se encontraba parado en la entrada de la oficina, con un vendaje que grotescamente se notaba en su cabeza y apoyado en un bastón.

Se levantó de su silla con alegría, era sin duda grato para Frederick tenerlo en la oficina.

-*"¿Por qué no se queda unos días en casa descansando?, es usted un porfiado, ¿lo sabía?"*, preguntó Frederick.

-*"Todos los días me lo dice mi esposa, por eso estoy acá, jajaja"*, respondió Echeverry con una sonrisa.

Mientras hablaba, se apoyaba en su bastón para caminar hacia su escritorio.

-*"A ella le debe que haya sobrevivido detective, fue ella la que nos llamó reportando que no respondía el teléfono y no lograba localizarle, inmediatamente localizamos el celular y enviamos una patrulla, encontraron el celular en su auto*

*y lo buscaron dentro del túnel… varias cosas interesantes
se hallaron dentro de ese túnel", explicó Frederick.*

*-"Quiero saber", respondió Echeverry inclinándose
hacia adelante para escuchar con atención.*

Frederic sacó de su escritorio un grupo de fotografías tomadas
en la escena donde se encontró al detective Echeverry

*-"Para empezar, a usted lo encontraron tirado en el suelo, justo
al lado de una tumba improvisada donde además, encontraron
restos de huesos de un cadáver, a pesar de estar enterrados, una
mano salía de la tierra, además huellas suyas y de otra persona
se hallaron también, una en especial llamó la atención, como
si un zapato se hubiera enterrado en barro que se secó y fuera
extraído dejando la forma exacta impresa en el barro seco, por
último tenemos unas gafas de visión nocturna que al parecer
quien quiera que estaba ahí dejó en su huída cuando llegaron
los policías a buscarlo… ya estamos trabajando en huellas e
identificación de pruebas", explicó extensivamente Frederick.*

Hacía su mejor esfuerzo para no omitir detalles
de los adelantos del caso a su mentor.

-"Rinnnng… Rinnnng", sonó el teléfono del detective Frederick.

Mientras Frederick respondía la llamada, el detective Echeverry
revisaba las evidencias encontradas, trataba de recordar su visita
a ese túnel…

-*"Gracias por la información, estoy tomando nota, no deje
de informar",* decía Frederick a su interlocutor.

Frederick colgó el teléfono despidiéndose.

-*"Parece que el señor Leonard Avinston estaba en la lista
de pacientes del doctor Mort detective, acabo de recibir el
reporte de los documentos de Mort desde el departamento
de investigación de Louisville",* dijo Frederick.

Mientras hablaba, hacía apuntes en su libreta.

Echeverry lo miraba pensativo, como tratando de orientar sus
conocimientos de la investigación.

-*"Mmmmm... ¿crees que Leonard tiene relación con
el negocio de Fentanilo de Mort?",* preguntó.

-*"Hay muchas coincidencias detective, parece una línea
fuerte de investigación, así opina el doctor Kaffman
... yo me reuní con él ayer",* explicó Frederick.

Mientras conversaban acerca del caso, apareció en la puerta el
oficial Paternina que tocaba con sus nudillos la puerta como
anunciando su entrada.

Entró y se acercó a los detectives.

-*"Ya tomamos muestras de huellas y test genéticos de la osamenta
encontrada en el túnel... en principio no encontramos coincidencias*

en nuestra base de datos genéticos, sin embargo, vamos a seguir las pesquisas y ya enviamos información de esas muestras a policía de otros estados para que confronten sus bases de datos... los mantendré informados", dijo el oficial Paternina presuroso.

Echeverry tomó la carpeta que traía Paternina para ojear un poco las fotos tomadas, analizaba minucioso cada fotografía de alta definición tomadas en el túnel.

Empezó a recordar detalles de su ingreso a ese túnel donde por poco consigue la muerte.

-*"Por la forma en que lo golpearon a usted parecería que la altura de la persona que lo hizo coincide con la de Leonard Avinston detective",* dijo Frederick.

-*"Pero... ¿por qué no me mató en el mismo sitio?... hubiera podido hacerlo, ¿no crees?",* respondió Echeverry.

-*"Creo que eso responde a un patrón... necesitaba seguir ese patrón... muerte por fentanilo, creo que le gusta matar elegantemente, por decirlo de alguna forma detective... es mucha coincidencia que encontramos fentanilo en su sangre y una vía de entrada, la razón por la que no murió es porque nosotros lo evitamos, la llamada de su esposa alertó para la búsqueda y nos permitió rastrear su teléfono que afortunadamente no estaba en el túnel, donde no hubiera podido ser rastreado... si no hubiéramos llegado... creo que no estuviéramos hablando detective",* explicó su análisis Frederick.

-*"¿Por qué yo?",* preguntó Echeverry.

-*"Tal vez la persona que está pisando sus talones... quizá solo llegó en el momento erróneo, el ciertamente sabía que era usted... encontramos lentes de visión nocturna que abandonó en la huida al entrar la policía"*, siguió diciendo Frederick.

Echeverry llevaba su mano a la barbilla como pensando... como poniendo las piezas juntas, en su mente algo no le hacía sentido, pero...

-*"Es difícil no ver la evidencia, vamos a ser prudentes, pero ordena seguimiento 24 horas al señor Avinston"*, ordenó Echeverry.

-*"Ya lo hice, de hecho estamos vigilando a su posible amante, la señora Kipperman..."*, interrumpió un instante por la mirada asertiva de Echeverry...

"Lo supimos por información del doctor Kaffman", terminó diciendo Frederick.

-*"Entiendo Frederick"*, respondió Echeverry.

Frederick se disponía a salir de la oficina mientras miraba su celular.

-*"¡Frederick!"*, gritó Echeverry desde su escritorio.

Frederic detuvo su marcha y dio un giro para mirarlo.

-*"Buen trabajo... ya casi te pareces a mi... mantenme informado"*, dijo Echeverry.

Con una sonrisa, Frederick levantó su dedo pulgar hacia arriba y siguió su marcha.

Durante las siguientes dos horas el detective Echeverry se dedicó a leer nuevamente las evidencias en el caso y lo encontrado mientras se encontraba hospitalizado.

Abrió su e mail... desde el departamento de personas extraviadas de la policía de Carolina del Norte recibió un comunicado dando detalles acerca de Jeimmy Morelos, extraviada de un estamento de salud en ese estado.

Una fotografía de toma de pantalla de cámaras de seguridad del día en que fue vista por última vez aparecía en la pantalla se veía en el comedor del lugar vestida con vestido de flores, de muchos colores...

Abrió la carpeta que contenía las fotografías de los objetos encontrados en el túnel y revisó, hasta encontrar la osamenta encontrada en la tumba improvisada que él mismo había visto cuando estuvo allí...

-*"Esta es... esta es",* se dijo en voz baja, sus ojos brillaban como los de un niño cuando le ofreces un chocolate.

Tomó el teléfono y marcó al número marcado como "alias *Alfredito DEA"*...

-*"Volviste a la vida Echeverry... jajaja",* respondió Alfredito.

-*"Se que estuviste pendiente de mí y te lo agradezco amigo",* dijo Echeverry.

-*"Pero te conozco hace mucho, sé que no me llamas para agradecer... ¿Qué necesitas?"*, le preguntó.

-*"Ciertamente no, necesito que busques en la lista de pacientes del doctor Mort este nombre...Jeimmy Morelos"*, le pidió Echeverry.

Mientras conversaban de otros temas, Alfredito buscaba en su computador la información clasificada de esa investigación que estaba en curso, la información de pacientes eran datos protegidos teniendo en cuenta que se trata de datos personales de pacientes.

Después de varios minutos Alfredito habló algo sorprendido...

-*"Vaya que estaba enferma esta señora... la respuesta a tu pregunta es si, ella aparece en la lista de pacientes del doctor Mort, pero mayormente fue vista por telemedicina, al parecer desde un centro psiquiátrico fuera del estado, aunque el doctor Mort tenía licencia activa en varios estados"*, dijo Alfredito murmurando mientras leía algo.

-*"¿Por qué dices que está muy enferma?*, preguntó con curiosidad Echeverry.

-*"Eso no te lo podría decir amigo, es información altamente sensible de la relación médico-paciente... intenta una orden judicial, sería importante si en algo colabora para alguna investigación"*, terminó diciendo.

-*"Entiendo amigo"*, cerró la conversación Echeverry.

Después de despedirse, el detective Echeverry quedó en su silla un poco curioso por la información que acababa de obtener, le parecía que todavía no cazaban completamente bien las piezas...

-*"Debo llegar al fondo de este asunto... el Fentanilo está acabando con la juventud, quien quiera que esté detrás de esto debe estar encerrado"*, pensó.

Miró su teléfono y notó que había varias llamadas perdidas, no conocía el numero por lo que hizo caso omiso, abrió la caja de mensajes de voz y lo abrió... era la voz de una mujer que no reconoció.

-*"Detective... tengo informac..."*, la voz era difícil de percibir, gangosa, débil, como si estuviera bajo efectos de alcohol.

La voz se desvaneció y solo un ruido difícil de describir quedó hasta que se acabó el tiempo de grabación del mensaje.

Echeverry llamó inmediatamente al mismo número de la llamada que entró, pero... sonaba sin respuesta.

Decidió ir al hospital, debía interrogar nuevamente a Leonard, quería explorar lo que él parecía esconder muy bien. Escribió un mensaje a Frederick.

Mientras conducía al hospital oía su música vallenata, esta vez escogió las canciones de un compositor y poeta Rafael Gutiérrez.

A CCIDENTE

Esa misma tarde, después de enterarse del grave accidente ocurrido en la carretera que conecta Bardstown con Louisville, el detective Frederick llamó a Echeverry a informarle de los hechos, pero más importante era que una de las involucradas en el accidente era Jessica Aldrish, la novia del doctor Kaffman.

-*"El accidente fue muy temprano esta mañana detective, las causas no se conocen, pero me extrañó leer en el informe que se creía que la causante fue ella, porque le detectaron cierto grado de Fentanilo en la sangre cuando se le hicieron pruebas en el hospital en Lewisville..."*, explicó Frederick.

-*"La conocí personalmente, una mujer inteligente... ¿cómo está ella?"*, preguntó Echeverry.

-*"Parece que no muy bien, tuvo una contusión cerebral, está en coma en la unidad de cuidado intensivo... no se los pormenores del reporte médico"*, respondió Frederick

Echeverry se quedó algo pensativo por unos minutos...

-¿*"Cuál es el número de teléfono de Jessica?, ¿podrías averiguarlo para mí?"*, preguntó Echeverry.

-*"No hay problema, lo averiguo"*, respondió.

Echeverry dejó su automóvil en el parqueo púbico del hospital y caminaba rumbo a la entrada del hospital. Justo entrando se encontró frente a frente con Leonard quien venía presuroso hacia la salida. Estaba algo sudoroso, lo sintió un poco apresurado y nervioso.

-*"Detective… veo que se ha recuperado de su golpe",* dijo Leonard.

-*"¿Cómo supo del golpe Leonard?,* preguntó con malicia Echeverry.

-*"Todos en el hospital lo supimos… además… lleva usted una venda como sombrero",* dijo Leonard en tono jocoso

El detective se mantuvo en silencio después del comentario.

-*"¿Acaso podría adivinarlo?",* preguntó Leonard otra vez con cierta gracia.

-*"¿Podría usted… cree en la comunicación extrasensorial?,* preguntó el detective sin quitar los ojos de los de Leonard.

-*"Claro, mi esposa todos los días me comunica que lave los platos solo con una mirada, jajaja",* respondió Leonard.

Echeverry sentía que él quería evadir las preguntas, necesitaba algunas respuestas que le ayudaran con la información que buscaba, sin alertarlo.

-*"¿Supo del accidente esta mañana en la carretera a Louisville?",* preguntó Echeverry.

-*"No… últimamente hay muchos accidentes… mucho*

consumo de drogas hoy día", respondió.

-*"¿Drogas?"*, pensó Echeverry en silencio.

-*"Conoce usted a Jessica Aldrish señor
Leonard?"*, preguntó el detective.

-*"¿Debería conocerla?"*, respondió Leonard con una pregunta.

-*"Por supuesto que no… solo quería saber si la conocía"*,
dijo Echeverry en tono de disculpa.

-*"¿Conoce al doctor Kaffman?"*, preguntó Echeverry.

-*"Claro, es el médico que nos visita en nuestra casa…
un poco extraño"*, respondió Leonard.

-*"¿Extraño?"*, preguntó el detective.

-*"Si, tiene una mirada extraña, como si leyera mi
pensamiento cada vez que me mira, parece que adivinara
lo que pienso… extraño"*, respondió Leonard.

-*"¿Creé que lo pueda hacer?"*, preguntó.

-*"Si hay alguien que tiene esa capacidad sería yo detective, jajaja,
puedo adivinar lo que piensa con solo mirarlo"*, dijo Leonard.

Echeverry quedó algo intrigado, no sabía a qué se refería Leonard
con esa frase, sentía que debía saber más. Mientras Leonard
estaba enfrente de él, sintió su respiración rápida… por un
segundo, como un *"flash back"*, sintió la respiración que percibió
cuando se encontraba en ese túnel.

-*"¿Usted tie..."*, trataba de preguntar Echeverry
cuando fue interrumpido por Leonard.

-*"Debo dejarlo detective, me esperan en la casa para
instalar una cama nueva... ya sabe como son esas cosas..."*,
decía Leonard mientras se despedía presuroso.

Echeverry lo vio alejarse, inmóvil... ese hombre actuaba como
si nada estuviera pasando, pareciera como casual, como si no
se diera por enterado. Sin embargo, la información que tenían
hasta el momento lo delataba estruendosamente.

-*"Debo atar más cabos antes de acusarlo formalmente
ante la fiscalía"*, pensó en silencio.

Entró a verificar el estado de salud de la señora Avinston, que
parecía salir del coma que le produjo esa sobredosis de Fentanilo,
aunque todavía no estaba en condiciones de dar declaraciones
confiables. Según el doctor Zulian podría ser en dos o tres días
más.

Caminando hacia el parqueo pensaba la relación que podría
haber entre Jessica y el fentanilo, le costaba trabajo entender
como tendría acceso a la droga.

En ese momento, recibió una llamada de *"Alfredito DEA"*, que
respondió con un saludo cordial.

-*"Tengo información que puede ser relevante"*, dijo, *"Jeimmy
Morelos venía siendo tratada por esquizofrenia severa y paranoia,
lo que anotó el doctor Mort en su historia clínica es que deliraba
con que su hijo había asesinado a su esposo con un disparo y*

que tenía un complot para hacerle daño", explicó Alfredito.

-*"¿Cuál es el nombre del hijo?"*, preguntó Echeverry.

-*"Julián Morelos, sin embargo, no encontramos récords de él, probablemente ilegal, como la madre"*, dijo irónicamente.

-*"Gracias amigo, seguimos en contacto"*, se despidió Echeverry.

Apenas había terminado la comunicación con Alfredito, entraba una llamada identificada como "doctor Kaffman"

-*"Doctor Kaffman… ¿a qué debo su llamada?"*.

-*"Estoy asustado detective, creo que Leonard está cumpliendo sus amenazas, yo le anuncié al detective Frederick que Leonard me amenazó con hacerle daño a Jessica, mi novia… ella tuvo un accidente en la mañana mientras conducía a Louisville, ahora debo decirle que he tenido visiones de asesinatos en un túnel de las afueras de la ciudad, como si hubieran tumbas clandestinas y veo claramente la presencia de Leonard en ellos, creo que debo alertarlo porque ya compré un arma para defenderme en el caso de que quiera hacerme daño, pero podría hacerle daño a usted también"*, dijo George con voz de angustia.

-*"¿Por qué me haría daño a mí… él se lo dijo?"*, preguntó el detective con curiosidad.

-*"He percibido de su pensamiento que sabe que usted está pisando sus talones en la investigación"*, respondió George.

-*"Gracias doctor Kaffman, estamos en eso, pero necesitamos algo más que visiones para acusarlo ante la fiscalía"*, respondió Echeverry.

El detective llegó a su automóvil, instaló su música tal y como lo hacía siempre y se dirigió a su casa... necesitaba descansar para aclarar su mente en ese caso. Revisó en su buzón de mensajes recibidos de Frederick y la respuesta del número de teléfono de Jessica correspondía al de las llamadas perdidas.

Entrando en su casa, recibió una llamada de *"Alfredito DEA"*...

-*"Tengo algunos datos interesantes Echeverry, parece ser que el hijo de la señora Jeimmy Morelos también hacía parte del círculo del doctor Mort, abrimos algunos archivos encriptados del doctor y encontramos que guardaban una relación aparentemente de negocios... creo que tiene que ver con el robo continuado de Fentanilo y la distribución"*, informó.

-*"¿Dónde está el hijo en estos momentos?"*, preguntó el detective.

-*"Apareció muerto en un asalto en el centro de Louisville, pero no tengo detalles de ello... te mantendré informado"*, dijo Alfredito antes de despedirse.

Antes de acostarse, el detective envió un mensaje a Frederick vía whatsapp ...

-*"Confrontar las muestras de ADN del cadáver en el túnel con muestras de cabellos de Jeimmy Morelos en Carolina del Norte"*, escribió con el ánimo de que en la mañana se ocupara de ese menester.

E SPÍRITUS ABREN LA LUZ

E n la mañana, Echeverry revisaba por tercera vez algún motivo que llevara a Leonard Avinston a deshacerse de su esposa, sin embargo, no lograba una evidencia clara, solo cosas menores del pasado. Ya para ese momento su herida en la cabeza se encontraba descuidada y sin la cubierta de gaza que le fue recomendado.

Frederick entró a la oficina con algunos papeles que leía con interés.

-*"Las muestras de ADN colectados del cadáver encontrado en el túnel coinciden con las de la señora Morelos detective"*, dijo Frederick.

-*"Interesante, significa que, de alguna forma esa señora llegó a esa cueva, probablemente ahí la asesinaron… ¿causa de la muerte?"*, preguntó Echeverry.

-*"No hay señales de trauma, altos niveles de fentanilo en los huesos detective"*, respondió.

Echeverry se llevó las manos a la cabeza, como pensando, Su teléfono sonó mostrando la llamada procedente de *"Alfredito DEA"*…

-*"Tenemos informe de un Julián Morelos que murió*

hace unos años durante un atraco, nunca se encontró al culpable del hecho", dijo *Alfredito.*

-*"Necesitamos confrontar el ADN de la mujer encontrada en el túnel con el de ese sujeto... Frederick va en camino, él se encarga",* dijo mientras daba señal a Frederick para que iniciara el proceso.

Sonó nuevamente el teléfono de Echeverry.

-*"Detective, le habla la oficial Stambulie, de la patrulla federal de carreteras de Kentucky, encontramos un auto quemado en las cercanías de Bardstown, en el interior encontramos el cuerpo de un hombre totalmente incinerado, no hemos logrado identificarlo, aunque la licencia del auto corresponde a George Kaffman, un teléfono celular encontrado en el interior del auto, aunque inservible, deja ver en la pantalla su número de teléfono como el último marcado, por ese motivo lo llamo detective",* explicó la oficial Stambulie.

Echeverry quedó estupefacto, inmóvil... había sido advertido por el doctor Kaffman acerca de las amenazas que, aunque captadas por su mente, había hecho Leonard contra él. Ahora todo hacía más sentido, parecía que se aclaraba un poco el panorama de los hechos.

Tomó el teléfono y marco al detective Frederick...

-*"Frederick, debes enviar unos hombres a arrestar a Leonard Avinston... ¡pronto!",* le dijo con tono apresurado.

-*"¿Qué cargos?",* preguntó Frederick.

-*"Intento de asesinato de su esposa y asesinato del doctor George*

Kaffman... después te explico", terminó diciendo Echeverry.

Echeverry se dirigió a la casa de los Avinston después de recibir autorización por un juez. No había rastros de Leonard, aunque su automóvil estaba parqueado enfrente, sin embargo, se encontraron algunos contenedores de vidrio marcados como *"Fentanilo",* y varias jeringas desechables.

Se tomaron muestras y huellas para analizar posteriormente en los laboratorios especializados del FBI. Llamó su atención un par de zapatos estilo media-bota con suelas untadas de barro rojizo ya seco.

Estando en esa casa, Echeverry sintió la presencia de algo espiritual... no lograba entender lo que sentía, era como la presencia de algo o alguien que lo seguía mientras revisaba el lugar y se hacía más fuerte mientras bajaba la escalera que daba acceso a un sótano.

Sentía algo que le producía un frio que le recordaba lo vivido mientras se adentraba en el túnel días antes.

Al abrir la puerta, se hacía evidente la escalera que profundizaba un camino estrecho hacia abajo, en medio de una oscuridad avasallante, fría, pesada.

Antes de iniciar el camino hacia abajo, jaló una pequeña cadena adherida a un foco en el techo que, aunque tenue, permitía divisar el recorrido de esa escalera, como sumergiéndose en el infierno mismo.

Encendió una pequeña linterna de mano que llevaba en su bolsillo mientras avanzaba. El aire se volvía difícil de respirar en ese lugar, era un olor extraño... definitivamente poco placentero.

Casi terminando su paso por el último escalón, su pie resbaló y cayó abruptamente al piso tropezando una pequeña mesa que no había percibido justo enfrente de la terminación de la escalera. Al volcarse la mesa y estando en el suelo, cayeron encima de él, objetos que percibía como animales, con un olor penetrante, algunos con cierta humedad, pero no lograba verlos, su linterna había caído lejos de él, y su luz se dirigía a la pared del fondo.

Al mirar la pared se percató de algo que lo impresionó... varios murciélagos colgaban de esa pared, con sus alas abiertas, como disecados, inmóviles.

Con el estruendo, los policías que hacían revisión del lugar en el primer piso acudieron rápidamente, algunos sacando el arma como alistándose para lo peor. Varias linternas potentes alumbraron el lugar.

Echeverry se horrorizó al darse cuenta de que lo que había caído encima de él eran muchos murciélagos aun sin disecar que yacían en esa mesa, todos muertos excepto un par de ellos que ya estaban moribundos y apenas hacían pequeños movimientos. Se levantó rápidamente como pudo y se sacudió los animales que cayeron en el suelo.

Al caminar hacia la escalera, sintió bajo sus zapatos el crujir de esos animales al pisarlos... se apresuró a salir de ese lugar.

Una vez afuera, se sentó en su auto, tomando aire, tratando de entender la situación...

-*"¿Será un coleccionista de animales disecados... usará esos animales para rituales... satánicos?"*, se preguntaba el detective en silencio mientras intentaba reponerse de la impresión.

Estando en su auto, vio llegar al detective Frederick que parqueaba su auto justo al lado del suyo, y después de explicarle extensivamente lo encontrado, iniciaron la preparación de un plan de búsqueda y arresto de Leonard Avinston, que obviamente estaba huyendo de la justicia.

El teléfono del detective sonó en ese momento... era una llamada del hospital.

Después de hablar al teléfono por unos segundos, se levantó de su auto y miró a Frederick con facie de preocupación.

-*"Gabrielle Avinston acaba de morir, parece que tenía signos de toxicidad por opioides, la sangre mostró alto nivel de Fentanilo... no se sabe quién le administró esa dosis, están investigando si fue un error de enfermería, aunque no encontraron evidencia de falta de alguna de las dosis que el hospital provee"*, dijo Echeverry.

-*"Ni la van a encontrar... vino de afuera del hospital... debemos encontrar a Leonard cuanto antes"*... dijo Frederick.

-*"Llama al hospital donde está la novia del doctor Kaffman... hay que ponerle protección... podría ser la próxima víctima"*, dijo Echeverry.

-*"Ya pregunté por ella... su estado todavía no permite un interrogatorio, pero está más estable"*, dijo Frederick, adelantándose a la siguiente pregunta de Echeverry.

Al llegar a su oficina esa tarde, se encontró en su escritorio varias carpetas de informes solicitados del caso en varias direcciones. El más prominente era un informe proveniente del hospital psiquiátrico de la señora Morelos. Lo leyó detenidamente y tomó algunas notas.

Los informes encontraron que la señora Morelos había vivido en Louisville Kentucky y evidentemente si era paciente del doctor Mort. En el informe del doctor se notaba claramente la preocupación de la señora por ser asesinada por su propio hijo.

-"Mi hijo asfixió a su hermano recién nacido, nosotros encubrimos el hecho, pero mi esposo nunca lo superó y tenía mala relación con mi hijo, que un día, con su misma arma... la de mi esposo, lo asesinó con un disparo en la cabeza... yo tuve que ayudar a encubrirlo como si hubiera sido un asalto, pero él me amenazaba con acabar con mi vida también... no puedo más... quiero acabar con mi vida", decía una parte del relato escrito por el psiquiatra.

Echeverry se percató de que, en algún punto, después de un título que decía... *"Julián Morelos"*, tachones evitaban la lectura del documento que al parecer era copia también de reportes del doctor Mort.

El segundo en línea era el de la oficina forense de genética criminal. Lo abrió y leyó su contenido completo mientras se tomaba un café traído por su secretaria al llegar.

-"La muestra de cabello y huesos del cadáver marcado como túnel Bardstown, coinciden 99% con las muestras provenientes del hospital psiquiátrico de Carolina del Norte con el nombre de Jeimmy Morelos... la muestra de cabello y huesos no coinciden con los del cadáver marcado con el nombre de Julián Morelos proveniente de la

morgue de Louisville, Kentucky", decía el segundo informe leído.

El detective fue esa noche a descansar, sentía que le había fallado al no proteger al doctor Kaffman, que su posible ignorancia acerca de los temas de percepción extrasensorial lo habían sesgado en su opinión hacia él, un médico que solo quería practicar un tipo de medicina cercana a sus pacientes, pero que además tenía algo especial… el don de entender más claramente los pensamientos de sus pacientes.

-*"Era un ser especial"*, pensó en silencio mientras recostaba su cabeza a la almohada.

La noche transcurrió tranquila, sin sobresaltos.

JESSICA EN EL HOSPITAL

Temprano, en la mañana, ya el detective Echeverry se encontraba en su oficina, analizando todos los documentos sobre su escritorio.

-*"¿Por qué tantos murciélagos en el sótano de Leonard?"*, pensó.

Trataba de entender la relación exacta de los hechos, de los personajes afectados... y el fentanilo.

-*"Es como si el mismo demonio estuviera envuelto en estos hechos"*, seguía pensando.

La tercera carpeta en su escritorio era el informe de psiquiatría de Leonard Avinston... parecía ser muy casual, describiendo una depresión leve y algo de ansiedad... nada determinante que lo volviera sospechoso para ser un asesino.

Decidió visitar en Louisville a Jessica Aldrish, novia de George, pensaba que le debía esa visita por no haberla protegido al igual que a su novio...

-*"¿Sabrá lo ocurrido a su novio?"*, se preguntó.

Mientras conducía camino a Louisville, oía, como de costumbre su música, autóctona de Colombia, y la cantaba porque sabía de memoria sus letras.

Antes de llegar al cuarto de Jessica, pasó por la central de enfermería para constatar que ya estaba sin tubos de respiración, en un cuarto de cuidado intermedio, algo sedada, pero capaz de abrir los ojos con esfuerzo...

Tomó las flores del paciente contiguo y las puso en la mesa de noche de Jessica, era algo que había visto en alguna película y que siempre soñó hacer él mismo.

Jessica estaba somnolienta, apenas abría los ojos por momentos, tenía inmovilizado el brazo derecho y la pierna izquierda por fracturas.

-*"Jessica, ¿se acuerda de mí?"*, preguntó,
"soy el detective Echeverry".

Ella asintió con la cabeza, pero por momentos se desconectaba de la conversación. Le señaló un vaso de agua con un pitillo, como indicándole que tenía sed.

Él puso el vaso al frente y dirigió el pitillo a su boca hasta que empezó a tomarla.

-*"¿Sabe algo de su novio?"*, preguntó en un
momento de lucidez de ella.

-*"Claro... acá estuvo... creo que anoche"*, le respondió
lentamente y con voz vaga, pero inmediatamente
quedó profundamente dormida.

Echeverry sintió pesar por ella, de alguna forma estaba en una situación poco favorable para enterarse de la noticia de la muerte de George. Parecería que el espíritu de George fue percibido al marcharse para siempre, como despidiéndose de la mujer que amaba. Decidió no seguir preguntando hasta que recuperara la conciencia totalmente.

Antes de salir notó una bolsa con las pertenencias encontradas en el automóvil en el momento del accidente... hecho un vistazo y encontró un llavero marcado con *"apartamento amor"*.

Aunque sabía que no era ético, sentía que debía revisar un poco ese apartamento, buscar evidencias que le ayudaran a encontrar pistas de las amenazas de Leonard, donde localizarlo... sentía que George lo ayudaría desde el más allá.

De vuelta a Bardstown, mientras conducía, entró una llamada a su teléfono identificada como *"Alfredito DEA"*...

-*"Echeverry, logré encontrar los reportes ocultos de Julián Morelos, muy extraño eso, como si el doctor Mort no hubiera querido que se encontraran esos reportes, habla de trastorno esquizoafectivo y esquizofrenia paranoide severa de difícil control como diagnóstico, pero no da mayores detalles de los seguimientos realizados o la evolución, la información que tenemos de otra fuente es que murió durante un atraco, como te había comentado antes"*, explicó.

-*"Sigue investigando amigo, creo que hay algo que nos falta... tengo esa sensación"*, respondió Echeverry antes de despedirse.

Siguió conduciendo mientras su música volvía a sonar después de la llamada.

-*"El espíritu del doctor Kaffman debe guiarme a encontrar a Leonard antes de que siga haciendo más daño"*, pensó en silencio.

Al llegar a su casa decidió relajarse un poco, invitó a su esposa a cenar, así se tomarían un vino juntos y pasarían un rato agradable... sentía que necesitaba ese momento.

Durante la cena recibió varias llamadas y mensajes que decidió no responder, para dedicarse a su esposa.

De vuelta a la casa, hechó un vistazo a su teléfono... varias llamadas perdidas y mensajes de Frederick aparecían reportadas.

Llamó a Frederick de inmediato.

-*"Estoy devolviendo tus llamadas, perdona que estaba lejos del teléfono"*, dijo.

-*"Entiendo detective, es solo que quería dejarle saber la información que me llegó del hospital de Louisville... Jessica tuvo un episodio de paro respiratorio inesperado, hay una sospecha de que le suministraron, probablemente por error una dosis muy alta de opioides... se cree que es fentanilo, el hecho va a ser investigado internamente en el hospital, por ahora necesitó ser intubada y llevada a la unidad de cuidado intensivo para mantenerla conectada a un ventilador mecánico"*, dijo Frederick.

-*"Dios... ¿será Leonard otra vez?"*, pensó inmediatamente Echeverry.

-*"Por otro lado, no tenemos forma de identificar el cadáver calcinado del doctor Kaffman, no contamos con su DNA para comparar"*, dijo Frederick.

-*"Yo me encargo de eso pronto"*, dijo Echeverry.

-*"¿Cómo lo harás?"*, preguntó Frederick curioso.

-*"Es mejor que no lo sepas, en ocasiones hay que romper un poco las reglas para obtener resultados, te aviso cuando tenga muestras"*, dijo Echeverry antes de despedirse.

Echeverry planeaba entrar en el apartamento del doctor Kaffman en búsqueda de pruebas que le ayudaran a encontrar a Leonard, anotaciones, llamadas, etc.

Además, después de su conversación con Frederick, planeaba extraer cabellos de su cepillo de peinar y su cepillo de dientes, ahí encontraría el ADN necesario para identificar el cadáver como era la rutina en muertes traumáticas.

Esa noche tuvo varios sueños en los que hacía presencia la figura de Leonard en algún lugar del infierno... como si quisiera comunicarse con él, sin lograrlo.

Al despertar, se encontró empapado en sudor... inquieto.

APARTAMENTO DEL DOCTOR KAFFMAN

La mañana estaba lluviosa y el noticiero vaticinaba algunas tormentas y un día nublado.

Echeverry desayunó lo usual con dos huevos fritos, dos tostadas de pan caliente untadas con una capa gruesa de mantequilla y otra de mermelada, un pastel de guayaba y un *"bagel"* con una capa gruesa de queso crema.

Él dedicaba un buen tiempo a su desayuno... en verdad lo disfrutaba.

Al terminar, lavó sus dientes y manos y se despidió de su esposa que en ese momento lavaba los platos como cada mañana.

Condujo su auto hacia el apartamento del doctor Kaffman, entró con la tarjeta por la puerta del estacionamiento, para no ser detectado.

Una vez adentro, hecho un vistazo al buzón de su apartamento, que se encontraba justo al lado del ascensor... estaba vació.

Subió al ascensor, que se encontraba solo y se bajó en el piso del apartamento. La llave trabajó perfecto logrando entrar rápidamente sin ser visto ni siquiera por los vecinos de piso.

Al entrar, tuvo la misma sensación que ya había tenido de ser observado, como si alguien o algo lo siguiera en cada movimiento.

En la entrada encontró una colección de libros especializados en fenómenos paranormales y de percepción extrasensorial, incluyendo autores como *Roberto Fernandes*.

Se mantuvo un tiempo frente a ellos y abrió para ojear uno titulado *"Voces en la mente, ¿locura o don?"*, que ya había visto en su visita anterior.

Inspeccionó la cocina y el comedor sin encontrar nada de utilidad.

Se dirigió entonces al espacio detrás de la cocina y encontró una puerta cerrada con llave que llamó su atención...

Sacó de su bolsillo un par de llaves maestras y después de unos minutos, logró abrirla sin problemas... estaba vacía.

Se dirigió después a el área de habitación... se detuvo un poco al ver la puerta de entrada del apartamento abierta...

    -*"Juraría que la cerré al entrar"*, pensó en silencio mientras guardaba sus llaves maestras.

La puerta abierta de la entrada permitía una corriente de aire un poco frio que pasaba justo a su lado. La cerró con seguro.

Puso su mano sobre su arma de fuego, quitándole el seguro. Un ruido que parecían golpes a una pared provenía del cuarto. Sintió algo de temor mientras avanzaba hacia el cuarto.

La puerta del cuarto estaba abierta y, al entrar encontró que la del baño también lo estaba, fue directo a inspeccionar el baño, quería asegurarse de que nadie estaba en ese lugar.

La ventana pequeña de la bañadera estaba abierta, y el viento entraba haciendo que las mangueras de agua pegaran rítmicamente contra la pared. Eso lo tranquilizó un poco.

Mientras buscaba un cepillo de peinar en el baño y tomaba el cepillo de dientes, sonó un teléfono... no era el suyo, ese sonido no lo era.

Desenfundó su arma rápidamente y apuntó hacia el cuarto apoyándola con las dos manos.

Al salir lentamente del baño... nadie, no había nadie. Su piel se erizó completamente.

   -*"Prefiero tratar con vivos por malvados que puedan ser, que con muertos",* pensó en silencio mientras inspeccionaba nuevamente la sala, comedor y cocina.

Volvió nuevamente a la habitación donde todavía sonaba el teléfono. Lo tomó con un pañuelo y presionó el botón verde para responder la llamada, quedándose en silencio... sin decir nada, solo escuchando.

En pocos segundos la llamada de colgó. El miró el número que aparecía como última llamada...

> -*"Es el número de Jessica", este tipo es un demonio... debo salir de acá",* pensó.

Salió rápidamente dejando la puerta cerrada con seguro. Llevaba un cepillo de dientes, uno de pelo y el celular encontrado en bolsas de evidencia policial separados.

Mientras se acercaba a su automóvil recibió una llamada... el identificador de llamadas mostraba nuevamente el número de Jessica.

Llamó presuroso a Frederick.

> -*"Necesito que rastrees este número que voy a enviarte, no preguntes, ¡después te explico!",* le dijo colgando la llamada inmediatamente.

Envió por texto el número y se sentó en su automóvil. Intento encenderlo, pero no encendía... de pronto sintió un golpe en la ventana justo a su lado.

Puso su mano en el arma nuevamente mientras miraba hacia el lado...

El vigilante del edificio se encontraba parado con una macana de tipo policial en la mano con cara de pocos amigos.

Echeverry bajó su ventana y se identificó como detective, explicó que se trataba de una visita pero que finalmente había decidido hacerla otro día...

-*"Se presentó una emergencia que debo atender antes..."*, dijo.

-*"La vida de nosotros los agentes del orden..."*, dijo orgulloso el vigilante, abriéndole paso.

Después de varios intentos su auto encendió y salió rápidamente.

Saliendo del lugar entró la llamada de Frederick...

-*"Lo tenemos, la señal se origina cerca a los túneles, a la salida de Barstown"*, dijo.

-*"Gracias amigo..."*, estaba diciendo, pero fue interrumpido por Frederick.

-*"¿No pensarás ir solo?"*, preguntó.

Demasiado tarde... ya el detective Echeverry se encontraba en camino sin responder nada.

Al llegar a la entrada del túnel, ya estaba Frederick esperándolo con otras patrullas.

Entraron con equipos de asalto y de visión nocturna, revisaron el lugar completamente... no había nada.

De regreso, entregaron las evidencias que traía el detective a la oficina forense, marcándola como...

"urgente..."

Llenó los datos correspondientes y fueron a su oficina donde los esperaba el café de su secretaria.

Mientras discutían acerca del caso, Echeverry recibió la llamada de la clínica psiquiátrica de la señora Morelos, puso la función de alta voz para evitar repetir lo que decían a Echeverry.

-*"Revisamos los videos de la última vez que fue vista la señora Morelos en la clínica, probablemente el día en que escapó... quien la acompañó en el escape fue quien se identificaba como su hijo, ya le envíe una foto de pantalla de los dos saliendo por la puerta trasera de la clínica"*, dijo el vocero de la clínica.

Echeverry miró la foto en su e-mail... no había duda, era el doctor Kaffman.

-*"Las muestras recibidas hasta el momento, incluyendo lo investigado en Louisville, excepto las entregadas hoy, así como las evidencias que tenemos, nos muestran que, aunque el hijo de la señora Morelos, fue reportado muerto en un atraco hace unos años, las muestras de ADN no coinciden con los de ella... es extraño"*, dijo Echeverry.

-"*¿Él visitaba medicamente a la señora Morelos*
también?, quizá la conoció durante la residencia y la veía
como una madre o quizá estaba recluida en el mismo
lugar que su propia madre", dijo Frederick.

-"*Quizá… pero… ¿si no fuera así, que otra explicación*
le darías?, preguntó Echeverry.

Mientras seguían la discusión de posibles explicaciones del caso, sonó nuevamente el teléfono de Echeverry con llamada entrante identificad como "*Oficina Forense*". Nuevamente oprimió la función de alta voz…

-"*Los resultados preliminares muestran casi cero coincidencias del*
ADN del cadáver encontrado en el auto calcinado con las muestras
de cabello y cepillo dental que marcó "urgente" detective… no
parece ser la misma persona", decía la persona al otro lado.

El detective Echeverry abrió completamente los ojos, quedó petrificado, no entendía la situación…

-"*El ADN del cadáver calcinado hallado en el auto del doctor*
Kaffman no coincide con el ADN en el cepillo de dientes y el cabello
encontrado en el departamento del doctor Kaffman… ¿quién era esa
persona que murió?", pensó Echeverry.

Pocos segundos después entró una llamada extraña para él a esa hora… su esposa…

-*"¿Amor, pasó algo?"*, preguntó presuroso.

-*"Nada mi vida, al contrario, estoy acá con el médico que enviaste para atención domiciliaria... el doctor Kaffman... una bella persona, el mismo está preparando el café... imagínate, dice que es un experto"*, decía ella.

Echeverry se paralizó, no sabía que pensar, pero sabía que debían actuar rápido.

Cubrió la bocina con su mano y dijo...

-*"Frederick, el asesino está en mi casa... envía patrullas ASAP"*, dijo.

Después descubrió la bocina y habló con su esposa...

-*"Mantente en comunicación conmigo... no cuelgues, no digas ni hagas nada sospechoso, ese sujeto es peligroso... pretende que todo está bien... habla de una receta de cocina..."*, seguía diciendo Echeverry.

Mientras tanto salían presurosos y se montaban en el auto de Frederick.

Una vez en camino, el teléfono de Frederick sonó... él lo respondió en silencio mientras miraba de reojo a Echeverry.

Súbitamente, la comunicación de Echeverry con su esposa se cortó… intento llamar varias veces, pero… buzón.

-*"Llamó Alfredito… reabrieron el caso del cadáver de Julián Morelos, las muestras forenses, incluida su dentadura… corresponden a un médico recién graduado de la facultad llamado George Kaffman… es un caso de suplantación detective, ese hombre es extremadamente peligroso, sufre de esquizofrenia paranoide severa",* dijo Frederick con angustia.

Al llegar a la casa, la policía no encontró a nadie, la puerta de entrada estaba abierta.

Echeverry entró presuroso, en ese momento un oficial le entregó una nota dejada sobre la mesa de la cocina…

-*"Mi madre estaba tranquila durmiendo en paz"*, decía la nota.

Después de ordenar una operación de bloqueo de vías de salida del barrio, pensó en silencio por unos segundos…

-*"El túnel… la va a enterrar en el túnel"*, saliendo de la casa casi corriendo al auto de Frederick.

Con luces policiacas a alta velocidad, salían de Bardstown para llegar al túnel, no encontraron ningún automóvil en la entrada.

Echeverry abrió en el computador del auto de Frederick un mapa de los túneles de Barstown.

-*"¿Vamos a entrar?"*, preguntó Frederick.

-*"No... desde mi casa el túnel más cercano está a media milla de este, él sabía que vendríamos a este... envía una patrulla a revisar este... vamos al siguiente nosotros... rápido"*, dijo en tono de orden.

Al llegar, un automóvil se encontraba justo en la entrada, Echeverry encontró un zapato de su esposa en el suelo... no había dudas.

Desenfundaron sus armas y con linterna en mano entraron... la oscuridad doblegaba la luz a medida que se adentraban.

-*"¡Julián no cometa una locura, lo queremos ayudar!"*, gritaba Frederick.

Mientras corrían a lo profundo del túnel en el suelo encontraron una pequeña fosa cavada cerca de una de las paredes y dentro de ella Echeverry encontró a su esposa, semicubierta por tierra...

!no respira!!!

Se inició un protocolo de resucitación cardiopulmonar mientras Frederic seguía despacio adentrándose para encontrar a Julián.

Un sonido ensordecedor se apoderó del lugar, muy cerca de ellos caían piedras gigantes que tapaban el túnel.

Frederick no logró pasar de ese punto... se devolvió a ayudar a Echeverry... ya los socorristas de bomberos estaban llegando y tomaron control de la resucitación, la intubaron, la montaron en una camilla cargable y la sacaron apresuradamente.

Salieron los dos del lugar que parecía todavía estar derrumbándose adentro.

-*"Hay un hombre adentro... envíen personal especializado en derrumbes, hay que sacarlo",* dijo al oficial encargado del operativo.

Frederick y el detective Echeverry salieron de ese túnel completamente exhaustos, se sentaron unos segundos en una piedra a la salida a tomar algo de aliento.

El helicóptero que transportaría a Silvia al hospital hacia una ruidosa aparición y ya ella se encontraba intubada y estabilizada en la camilla.

-*"Me iré en el helicóptero con mi esposa… infórmame cuando lo encuentren… vivo o muerto",* dijo Echeverry mientras caminaba hacia el helicóptero.

Frederick asintió con el pulgar arriba.

S IN FINAL

Varios días después, el detective Echeverry estaba sentado en un sillón, justo al lado de la cama de Silvia, donde estuvo inmóvil, vigilando cada respiración, cada latido que los monitores mostraban. Ya ella estaba recuperándose con éxito después de ser resucitada y de haber necesitado ventilación mecánica, pero ese día había sido extubada.

El ver sus ojos abrirse espontáneamente causó una sensación de alivio en él que llego a prometer que no comería más pan si ella lograba hablar y mover sus brazos y piernas.

Silvia no se movía, pero sus ojos se abrían por segundos y volvían a cerrarse.

> -*"Mi amor… Silvia… soy yo… tu marido, ¿me recuerdas?"*, decía una y otra vez a su oído.

El temor que sentía es que, después de lo que sucedió, su cerebro no fuera el mismo.

> -*"Aunque no me recuerdes cuando despiertes, yo te voy a recordar lo mucho que te he amado… si quieres me retiro de la policía como me lo has pedido antes… puedo ir a la iglesia*

como me has pedido siempre… dime que hago", seguía diciendo al oído, él tenía la certeza de que ella le escuchaba.

Pasaron muchas horas y días en que ella solo abría los ojos y los cerraba… no se movía. Pero el seguía hablándole al oído.

-*"Subiría la sierra nevada de Santa Marta de rodillas si me miras como siempre me has mirado… con amor",* prometía.

Frederick se encontraba en la puerta de entrada haciendo señas a Echeverry para que se acercara.

-*"Abrieron el camino del túnel…",* dijo Frederick en voz baja.

-*"¿Estaba vivo?",* preguntó presuroso Echeverry.

-*"No encontraron a nadie adentro",* respondió.

-*"¿Jessica murió?",* siguió interrogando Echeverry.

-*"No lo sé, voy a investigar, pero si todavía vive… voy a hacer que monten guardia en la entrada de su cuarto",* aseguró Frederick.

Echeverry sintió frío… se sentía vulnerable. Se aseguró de que su arma de dotación estuviera cargada. Aunque ya su barba crecía, no se alejaría del lugar hasta que sintiera que Silvia estaba segura.

Después de dos semanas, Silvia despertó y logró movilizar sus extremidades, reconoció a Echeverry e inició un programa de terapia.

Volvieron a casa juntos, no sin antes inspeccionar el lugar. La vida seguía y no había rastros de Julián Morelos.

Recibió reporte de Frederick indicando que Jessica se encontraba con vida, todavía recuperándose del daño neurológico después del accidente y las altas dosis de Fentanilo que recibió.

-*"Irónicamente la salvó que él le daba pequeñas cantidades para dormirla cuando lo visitaba, su cerebro estaba de alguna forma acostumbrado a esa droga... probablemente lo hacía para ir, sin ser notado, a los túneles, donde tenía enterrada a su madre"*, decía Frederick.

Después de varios meses, mientras estaba sentado en su escritorio en el departamento de policía...

-*"¿Detective Echeverry, le habla el sargento Delgado de la policía de Tennessee, tenemos el caso de posible tráfico de fentanilo en nuestro estado, iniciamos una investigación y encontramos casos en Kentucky que nos llevaron a usted... conoce a Leonard Avinston?*

-*"Lo conocí sargento, ¿por qué lo pregunta?"*, Respondió.

-*"Ayer estuvo en nuestro departamento de policía poniendo una denuncia por intento de asesinato contra una persona que, parecería que está envuelta en el negocio de Fentanilo... pero curiosamente la interpuso aduciendo que podía leer el pensamiento sin que hablara... vi que hay una denuncia similar en su estado, específicamente en Bardstown y que la persona al frente de la investigación es usted, quería obtener detalles para saber por dónde empezar esta investigación..."*.

<u>Fin</u>

ABOUT THE AUTHOR

Carlos Riveros

Carlos Riveros es médico internista con licencia en Estados Unidos y Colombia.

Recibió un reconocimiento por el congreso de Estados Unidos y más recientemente por el senado de la república de Colombia por su trabajo en favor de la comunidad hispana en la Florida, donde actualmente ejerce su profesión, y por su incansable labor durante la pandemia del virus COVID 19.

Encuentra en la escritura la forma de contar historias que describen al ser humano, con sus virtudes, pero también con sus defectos. En sus libros refleja historias sencillas tanto de la realidad como de la fantasía, siempre adornados por el orgullo que siente por su tierra.

BOOKS BY THIS AUTHOR

Morir No Era Una Opción

En este libro cuento en primera persona la historia real de un secuestro ocurrido hace más de treinta años, Las vivencias durante varios meses, la forma como se negocio la liberación y las secuelas emocionales y familiares del secuestro. Los hechos se desarrollaron en las montañas del norte de Colombia y los relatos están llenos de los paisajes acogedores de la region, la cultura de sus habitantes y el folclor inconfundible de la tierra vallenata

Un Día Como Nunca

Un Día Como Nunca cuenta la historia basada en hechos reales de una mujer que fue abusada físicamente por su propio esposo. Expone la maldad sin límites, pero también la codependencia de personas que sin saberlo se buscan para abusar y ser abusadas, en una espiral que, en casos como este, pueden desembocar en tragedias de vida, y muestra como las consecuencias no solo afectan a los involucrados, pero a siguientes generaciones.

Gisselle El Amor Y El Tiempo

Gisselle y Karl se enamoran en momentos diferentes de sus vidas; el camino que construyen se basa solo en el amor que sienten. Sin embargo, la diferencia en sus etapas de vida les pasa facturas que se vuelven difíciles de superar. Habla sobre el amor en edades diferentes, pero también sobre cómo el amor se arraiga sin avisar, sin pedir permiso, independiente de las situaciones, de lo correcto, de lo permitido. Cuestiona la naturaleza del sentimiento en sus más profundas raíces.